Bianca Kos

Das Mundstück

Bianca Kos

Das Mundstück

Roman

OTTO MÜLLER VERLAG

Die Arbeit an diesem Buch wurde durch ein Stipendium
des Landes Kärnten gefördert.

LAND KÄRNTEN
Kultur

www.omvs.at
ISBN 978-3-7013-1270-2

Satz: Media Design: Rizner.at
Druck und Bindung: Christian Theiss GmbH, A-9431 St. Stefan
Cover: Leopold Fellinger
Das Zitat auf S. 28 stammt aus:
Serhij Zhadan, Mesopotamien, Suhrkamp 2017

Serhij

Sag bitte U! Ja, so ist es richtig. Aber wenn du ein Ü sprechen willst, dann musst du die Lippen spitzen. Noch spitzer! So: Üüüü! Wenn die Lippen nicht spitz genug sind, bleibt es ein U!

Wenn du bei einem ukrainischen Oligarchen und österreichischem Honorarkonsul zum Tee eingeladen bist, führe die Tasse vorsichtig zum Mund, schlürfe lautlos die heiße Brühe, höre zu, ohne zu unterbrechen, lächle fortwährend und nicke hin und wieder, wirf ab und zu ein passendes Wort oder einen zustimmenden Kommentar ein, nimm den bemalten Folklore-Teller mit entspannter Würde entgegen, bedanke dich und geh beschwingt nach Hause. Fördere die Mikroökonomie und kaufe um Mitternacht am Ausgang der Metro der Apfelfrau noch ein Säckchen Äpfel ab, schließe die Stahltür zu deiner *Kommunalka*-Wohnung im *Stalinka*-Stil auf, lass dich müde ins Bett fallen und versuche zu schlafen. Dazu musst du deinen Kopf leer machen, befreien und loslösen von all dem, was du in den vergangenen Tagen und Wochen gesehen hast. Aber das ist leichter gesagt als getan. Denn du bist, bevor du beim Oligarchen warst, zufälligerweise am Rathaus vorbeigegangen und hast gesehen, wie man den Bürgermeister der

Stadt in sein Dienstauto getragen hat. Rasch haben zwei mächtige Bodyguards den Rollstuhl durch ein Spalier von Aufpassern und Ordnungshütern in die schwarze, gepanzerte Limousine gehoben, die Autotür zugeschoben und den Wink zum Abfahren gegeben. Dann kommt dir dieses Unglück in den Sinn, bei dem die junge Natalja Zaitschenka im vergangenen Herbst an einer Kreuzung mit Vollgas bei Rot über den Zebrastreifen gerast war und dabei sechs Menschen, darunter drei junge Mädchen, getötet und weitere dreiundzwanzig Passanten schwer verletzt hatte. Bis in das folgende Frühjahr hinein brannten an der Unglücksstelle unzählige Kerzen. Blumen und Kränze bildeten mächtige Gebirgslandschaften, auf deren Gipfel man die Fotografien der Verunglückten gelegt hatte. Im Februar wuchs durch wochenlange Schneefälle der Unglücksort zu einem vergletscherten Alpenhauptkamm an, welcher den Gehsteig völlig unpassierbar machte und die Fußgänger ihn nur auf einem Umweg über die Straße passieren konnten. Die Lenkerin ist die Tochter eines Oligarchen. Das gab Anlass zu gewissen Bedenken. Es gab nämlich noch einen ganz zufällig in das Geschehen verwickelten Autofahrer, der genau zum selben Zeitpunkt über diese Kreuzung fuhr und frontal mit dem väterlichen Oligarchen-SUV zusammengekracht wäre, wenn er sein Auto nicht im letzten Augenblick gegen die Hauswand gefahren hätte. Der Autofahrer hatte eine Stopplinie überfahren, allerdings war diese Stopplinie angeblich erst in der Nacht nach dem Crash aufgebracht worden. Der mutmaßlich prorussische Bürgermeister war genau vor einem Jahr bei einem Attentat durch Schüsse in den Rücken schwer verletzt worden und sitzt seitdem im Rollstuhl.

Warum sage ich eigentlich „Du"? Kann ich es mir nicht endlich merken, dass man sich hier nicht so schnell duzt? Das Du-Wort ist eine Familienangelegenheit oder eine Sache der langjährigen, voraussichtlich ewig dauernden Freundschaft. Weil ich aber so voreilig bin, verbrenne ich mir ständig den Mund damit. Das „Du" ist eine heiße Kartoffel, auf Russisch eine „kartofelina", auf Ukrainisch eine „kartoplja", auf Österreichisch ein „Erdapfel". Schnell turne ich zurück zum „Sie" und halte gebotenen Abstand. Meine Erinnerungen setzen am sechzehnten Oktober ein, obwohl mein Leben bereits am dritten September begonnen hat. Was in den sechs Wochen dazwischen passiert ist, weiß ich nicht mehr, wenngleich ich seit meiner Ankunft eine Art Tagebuch führe. Aber die Eintragungen geben nicht viel mehr her als „Olga, 11 Uhr" oder „350 Grw". Ich weiß nicht, welche Olga gemeint ist, denn ich kenne mindestens ein Dutzend Olgas hier, und ich weiß auch nicht mehr, wofür ich die Summe von dreihundertfünfzig ukrainischen Griwna gebraucht habe. Das sind etwa zehn Euro und damit kann man ein Zugticket für die vierhundertfünfzig Kilometer lange Reise von Charkiw nach Kiew kaufen. Am sechzehnten Oktober beginne ich mit diesen Aufzeichnungen in einem karierten Schulheft, linierte Hefte gibt es nicht. Dafür glitzert ein buntes Covergirl am Deckblatt des Heftes, welches ich jeden Abend öffne und völlig uninspiriert und ohne emotionale Schnörkel ein Tagesprotokoll in die Kästchen male. Dieser Tag in der Oktobermitte ist auch aus anderen Gründen sehr wichtig, denn an diesem Datum fasse ich einen Entschluss, den ich sogleich jedem, dem ich begegne, mitteile. Kollegen, Freunden, Familienangehörigen, Studierenden, dem Sitznachbarn im Zug, der Beamtin bei der Fremdenpolizei und sogar dem Bürgermeister. Auch diesem schicke ich eine diesbezügliche Ankündigung. Alle wissen nun Bescheid und ich kann keinen Rückzieher mehr machen, ohne mein Gesicht zu verlieren. Der sechzehnte Oktober ist auch deshalb bedeutend, weil ich an diesem Tag meine Jagd auf Serhij Zhadan beginne. Auf den Rumpelpisten, die hier Straßen oder sogar Prachtstraßen genannt werden, ist das allerdings kein großer Spaß. Vier Tage später lasse ich meinen fabelhaften Plan wieder fallen. Meine Begeisterung hat sich rasch in Charkiwer Stadtluft aufgelöst.

Diese Stadt ist voller Menschen, genau genommen sind es ungefähr eineinhalb Millionen, und ein paar davon kenne ich bereits. Die meisten werden Natalja, Natascha oder Nastja und Olena, Elena, Aljona, Aljoscha, Olga und Olja genannt. Dazu kommen noch ein paar Katjas, Wanjas, Wasjas und Wolodymyre, die man auch Wolodja oder Wowa ruft, Aleksandrs und Aleksandras, die man auch Sascha ruft, egal, ob weiblich oder männlich, und eben auch jede Menge Serhijs. Eine der vielen Olenas ist die Leiterin des Lehrstuhls für Interkulturelle Kommunikation, an welchem ich als Lektorin arbeite, mit der anderen Olena mache ich einen Fahrradausflug, der mitten im Wald mit einer Reifenpanne endet, die dritte Olena unterrichtet an der Universität Deutsch und korrigiert dankenswerterweise ab und zu das meinige, ihrem Argument habe ich nichts entgegenzusetzen: „In unseren Lehrbüchern steht das aber so!“ Über die kleine Welt der Österreich-Bibliothek, untergebracht im wahrhaft ehrfurchtsgebietenden Gebäude der Korolenko-Bibliothek, herrscht eine weitere Olena, zur besseren Unterscheidung nennt man sie Lena. Sie spricht viel, schnell und ein etwas fehleranfälliges, aber nicht uninteressantes Deutsch, welches ich, entweder aus Gründen der Höflichkeit oder aber aus vorauseilendem Anpassungswunsch, zeitweise imitiere.

Am einundzwanzigsten Oktober habe ich folgende Notiz in mein Tagebuch eingetragen: „Meine Schuhe beim Schuster abgegeben. Absatz kaputt. Hundert Griwna im Voraus bezahlt." Das ist nicht ganz so läppisch, wie es klingt. Denn ich habe, als ich die Schuhe wieder abholen wollte, wochenlang dieses eine Schusterhäuschen, in welchem ich sie abgegeben hatte, gesucht, aber ich habe es nicht wieder gefunden. Ich bin alle Straßen, Gässchen, Durchgänge und Höfe in der Umgebung abgegangen, ich habe viele ähnliche, ja identische Schusterhäuschen aus Blech entdeckt, in denen auch die darin sitzenden Schuster sich bis aufs Haar glichen, aber dieses eine Schusterhäuschen, in welchem nun meine reparierten Schuhe in einem Regal auf die Abholung warten, blieb wie vom Erdboden verschluckt. Jeden Tag kann so etwas passieren und es passiert auch jeden Tag etwas. Es muss nicht immer gleich eine Tragödie sein. Es kann sich ja auch um eine Komödie handeln, außer sie wird aus technischen Gründen abgesagt wie letztens „Die Möwe" von Anton Tschechow, von der ich mir den Text besorgt und innerhalb von vierzehn Tagen auswendig gelernt habe. Ich hatte mir in den Kopf gesetzt, einen Tschechow in der Originalsprache hören und auch verstehen zu können. Statt der abgesagten „Möwe" gab es als Ersatzvorstellung eine andere Komödie, bei der ich, weil ich mich nicht vorbereiten konnte, außer „der Tee ist fertig“ und dem minutenlangen Geschrei einer Frau „Ich habe verstanden, ich habe verstanden“ nichts verstanden habe. Im Theater vergaß ich meine Jacke, die ich auf den freien Stuhl neben mir gelegt hatte. Da ich noch nicht weit weg war, als ich es bemerkte, bin ich noch einmal zurückgegangen, fand aber in dem großen Gebäude mit den vielen Gängen und Treppen den Zuschauerraum nicht mehr. Plötzlich befand ich mich in einer riesigen Halle, in der viele Leute gebeugt an kleinen Tischen saßen und Diamanten schliffen. Dann wachte ich auf und lag in einer ehemaligen sowjetischen Gemeinschafts-Wohnung im sechsten Stock eines Plattenbau-Wohnblocks im Bett, und als ich zum Fenster hinaus sah, erblickte ich, soweit ich schauen konnte, unzählige solcher Wohnblöcke derselben Machart. Ich weiß nicht, welcher der beiden Szenerien ich den Vorzug geben würde, wenn ich die Wahl hätte.

Jedenfalls bin ich heute mit einer etwas getrübten Laune aufgewacht. Der Grund ist mir unbekannt, aber ich werde es sicher gleich erfahren. Vielleicht ist es, weil der Trinkwasserkanister leer ist und ich noch vor dem Frühstück sechs Stockwerke hinunterlaufen muss, um beim Wasserautomaten Wasser zu holen. Und dann wieder sechs Stockwerke mit den vollen Wasserkanistern hinauflaufen. Es gibt zwar einen Lift im Haus, aber ich verwende ihn nur in Notfällen oder mit schwerem Gepäck. Obwohl man ihn gerade dann nicht verwenden sollte. Wasserholen ist hierzulande eigentlich Männersache. Vermutlich wird den ukrainischen Männern, während sie vor dem Fernseher sitzen, gesagt: „Geh schnell mal Wasser holen und beeil dich bitte", worauf sie brav zwei bis vier leere Kanister in die Hand nehmen und, lässig diese hin und her schwingend, zum Automaten oder zur Wasserfrau spazieren, so, als ob sie ganz von selbst auf die Idee gekommen wären, Wasser zu holen. Ein, zwei Zigaretten gehen sich immer aus, ein etwas längeres Telefongespräch am Handy natürlich auch, und die meisten schaffen es tatsächlich, noch am selben Tag wieder nach Hause zurückzukehren.

Diese für ein Städteleben gerade im jugendlichen Flegel-Alter stehende Stadt besteht zu achtzig Prozent aus Straßen mit Schlaglöchern, zu neunzig Prozent aus Straßenfegerinnen, zu neunundneunzig Prozent aus lackierten Fingernägeln und zu hundert Prozent aus nicht trinkbarem Leitungswasser. Seit ich hier bin, übertreibe ich gerne, und zwar maßlos. Das habe ich von Serhij Zhadan gelernt. Meine zahlreichen Versuche, ihn zu kontaktieren, waren bis jetzt vergeblich. An einem Sonntag kam er mir auf der *Sumskaya-Straße*, ziemlich genau vor dem großen *Schewtschenko*-Denkmal im *Schewtschenko-Park* entgegen, er schob einen Kinderwagen, ihm zur Seite spazierte eine junge Frau, möglicherweise die Mutter des Kindes. Bevor ich etwas sagen konnte oder auch nur freundlich nicken, waren sie vorbeigegangen, und ich werde nie wissen, ob er es wirklich war oder ob ich mich geirrt habe.

Es gibt Städte, in die zieht es niemand. Nicht im Sommer, nicht im Winter. Auch nicht im Frühling, und im Herbst soundso nicht. Und ich bin mir nicht ganz sicher, ob die Wahrheit wirklich jedem zumutbar ist, aber wenn, dann ist sie oft unsagbar langweilig. Die Wahrheit ist nämlich, dass heute ein ganz normaler Sonntag ist, ganz normaler Sonnenschein herrscht, ganz normale Frühlingstemperatur und ganz normaler Betrieb unter meinem Fenster. Ein paar ganz normale Kinder hoppeln über den Spielplatz, ein ganz normal verrückter Motorradfahrer dreht sein Motorrad auf der Geraden unter mir in zehn Sekunden auf hundertachtzig, ich bin ganz normal müde nach einer arbeitsamen Woche und ruhe mich nun auf meinen Lorbeeren etwas aus. Mein Smartphone brummelt in regelmäßigen Abständen, weil ich meine Studenten aufgefordert habe, mir endlich die Hausarbeiten zu schicken, die sie mir schon vor zehn Tagen hätten schicken sollen.

An so einem ganz normalen, langweiligen Tag muss man Geschichten erfinden. Diese sind naturgemäß immer nur Teile von Geschichten. Ganze Geschichten gibt es nicht. Man kennt ja immer nur eine Hälfte oder noch viel weniger davon. Wenn man trotzdem eine ganze Geschichte erzählen möchte, muss man sich eben für die fehlenden Teile etwas einfallen lassen. So ist die Geschichte mit der Frau, die in der Wohnung unter mir wohnt und ständig an meiner Tür läutet, sogar nachts um drei Uhr, und sich beschwert, dass ich so laut bin, auch nur eine halbe, weil ich ja ihre Geschichte nicht kenne. Ich weiß nicht, was für einen Lärm sie hört und warum sie glaubt, ich sei die Verursacherin. Ich war ziemlich verwirrt, denn ich hatte tief und fest geschlafen, und antwortete aufgebracht und unbeholfen in einer Sprache, die ich gar nicht gut beherrsche.

Nikolay

Am nächsten Tag rufe ich Nikolay, meinen Vermieter, an. Er kommt sofort, kappt das Kabel und legt die Türklingel tot, dann läutet er bei der Frau Nachbarin unter mir und erzählt ihr, ich sei ein sehr wichtiger politischer Besuch aus dem Ausland und wenn sie mich nicht in Ruhe lasse, werde das sehr weitreichende diplomatische Konsequenzen haben. Wir sind uns einig, dass diese Frau nicht ganz normal ist. Natascha, Nikolays Frau, die auch gekommen ist und sich als mein persönlicher Security-Dienst am Küchentisch niedergelassen hat, trinkt mit mir ein paar Schlucke *Meduwocha*, ein vergorener Honigsaft, den ich letztens am Markt gekauft habe, springt kurz darauf wie ein kleiner Gummiball durch die Wohnung, kichert und sprudelt russisches Zeugs, ich verstehe, wie fast immer, gar nichts.

Meinen Plan könnte man durchaus großartig nennen. So laufen die Dinge normalerweise: Man bemerkt, dass etwas, was dringend notwendig ist, fehlt, erklärt es daraufhin zu einer Marktlücke und beginnt sofort mit der Arbeit. Dazu braucht man Begeisterung und die feste Überzeugung, dass es sich um eine geniale Idee handelt, die man soeben geboren hat. Ich war so begeistert und überzeugt von meinem Vorhaben, einen deutschsprachigen Reiseführer für die Stadt Charkiw zu verfassen, dass mir zunächst gar nicht in den Sinn gekommen war, mir in diesem Zusammenhang die entscheidende Frage zu stellen: Gibt es überhaupt ein Interesse dafür? Die Antwort lautet: Nein. Es gibt keine Touristen, und schon gar keine deutschsprachigen Touristen in der Ostukraine. Und es wird – so versicherte mir der Reiseführer-Verlag, dem ich voller Eifer mein Projekt angeboten hatte, durchaus glaubhaft – in absehbarer Zukunft auch keine geben. Wenn eine Stadt an einer menschlichen Krankheit leiden könnte, dann wäre es bei der im Solarplexus einer mutmaßlichen Gefahrenzone liegenden Stadt Charkiw die Lepra. Dabei handelt es sich natürlich um eine Ferndiagnose, denn man traut sich wegen der Gefährlichkeit der vermuteten Krankheit nicht näher an den Patienten heran. Man befürchtet faulende Gebäudeteile, eigenartige Gerüche und ein eingeschränkt funktionierendes geistiges Leben. Jeder, der sich in eine solche Gegend wagt, bekommt entweder einen Heiligenschein oder eine Dummkopf-Prämie verliehen. Daher habe ich, etwas gekränkt, meinen Plan ad acta gelegt und bin nun in der glücklichen Lage, völlig zwang- und planlos und nur zu meinem eigenen Vergnügen die Stadt erforschen zu können. Ich benötige keine Fotos von Sehenswürdigkeiten, brauche keine exakten Öffnungszeiten und Adressen zu notieren, in keinen Hotelbetten probezuliegen, keine Gastronomie-Kritiken zu formulieren, keine praktischen Hinweise zu geben, keine Streckenpläne der U-Bahn zu zeichnen, keine Highlights zu nennen, keine Geheimtipps zu verraten, keine Top-Ten-Ratings zu erstellen und keine wertvollen Ratschläge zu erteilen. Und ich kann mir die Tatsachen so ausdenken, wie ich es will. Ich brauche mir auch keine Gedanken zu machen, wie ich sprachlich hilflosen Touristen schnell die wichtigsten Sätze auf Ukrainisch beibringe. Dazu wäre ich durchaus imstande gewesen, denn die Lautsprecher-Durchsagen in der Metro haben meine Ukrainisch-Kenntnisse auf ein Niveau gebracht, welches im Alltag völlig ausreichend ist. Seit ich in dieser Stadt bin, schnipsle ich an den beiden hier gängigen Sprachen – der russischen und der ukrainischen – herum, werfe sie in einen Topf, vermische sie eifrig, kaue ein bisschen daran und spucke sie bei Bedarf wieder aus. Außer der Auswechslung des Buchstabens O durch ein I (das russische *Charkow* ist dieselbe Stadt wie das ukrainische *Charkiw*), das Ersetzen des Gs durch das H (der russische *Sergej* ist derselbe wie der ukrainische *Serhij*, der russische *Grigorij* ist der ukrainische *Hryhorij*) und noch ein paar weiteren Kleinigkeiten, sind nicht wirklich viele Divergenzen festzustellen.

In dieser Stadt liegen Licht und Schatten, das Schöne und das Hässliche, das Angenehme und das Unangenehme so eng beieinander, dass man den Unterschied gar nicht mehr erkennt. Der Mensch verträgt nämlich keine großen Gegensätze. Zu seiner eigenen Sicherheit schaltet das Gehirn dann in einen milden Gleichgültigkeits-Modus, andernfalls würde es die Nerven zerreißen. Ich durchforste die Straßen, die Plätze, die Kaffeehäuser, die Kantinen, die Museen, die Kinos, die Pfandleih-Buden, die Geldwechselstuben, die Universitäten, die Hotels, die Sportplätze, die Parks, die Märkte, die Metro-Stationen und die Straßenbahnen. Ich steige hinunter zu den Kellerloch-Geschäften, den Untergrund-Bars und Untergeschoß-Lokalen. Ich klettere in die *Marschrutkas*, diese grünen, ständig überfüllten Minibusse, die wie emsige Ameisen quer durch die Stadt krabbeln und von den Einheimischen am liebsten zum Teufel geschickt würden, wenn man sie nicht so dringend brauchen würde.

Jeden Tag stecke ich ein Puzzle-Stück mehr in das Planquadrat, das gerade in meinem Kopf entsteht. Meine Expeditionen verlaufen nach demselben Muster. Ich packe alle meine Habseligkeiten in einen Rucksack, denn ich weiß nicht, ob ich je wieder in meine Wohnung zurückfinden werde. Ich steige in die Straßenbahnlinie Nummer sechs ein, die quer durch die Stadt bis an die Ränder fährt. Jedes Mal, wenn der Waggon bei einer Haltestelle stehenbleibt, drückt sich mir etwas Weiches in den Rücken. Es ist die Wollmütze eines Fahrgastes, welcher hinter mir sitzt und schläft, und dessen Kopf mit den An- und Abfahrten vor- und zurückbaumelt. Im Fenster hängt ein Plakat, auf dem der Kopf einer griechischen Statue abgebildet ist. Darunter steht in großen Lettern das Wort „*Mundstück*". Ich krieche noch ein bisschen tiefer unter die Decke der Stadt, strample mich ein in das Gewebe, streife herum im Geflecht der Gassen, die rauf auf die Hügel und runter zum Flussufer führen. Wenn man eine Stadt mit einem menschlichen Körper vergleichen würde, dann würde sich die Untergrundbahn als Darm anbieten. Überall grummelt und brodelt es, während der Rush-Hours verstopfen sich die Engstellen, die Winde pfeifen um die Ecken und nur mit gehörigem Druck gelingt es, die Drehtüren zu öffnen, welche den Weg ins Freie leiten. Wenn nun der folgende Vergleich nicht noch abwegiger wäre, dann würden es die Passagiere sein, die wie Bazillen und Bakterien durch die endlosen Gänge und Windungen drängeln und wuseln und auf diese Weise die Darmflora ergeben. Sie kommen von oben rein, zerstäuben sich in alle Richtungen, laufen hin und her, rotten sich zusammen, drängen sich durch die Absperrungen und die Rolltreppen und eilen nach oben, zum Ausgang, verschwinden nach draußen, eine Zeitlang noch mit dem Geruch dieser unterirdischen Örtlichkeit behaftet. Sie haben einiges von einem der unzähligen unterirdischen Verkaufsläden nach oben mitgenommen, vielleicht Würste vom Wurstladen, Parfum vom Parfum-Laden, Telefonzubehör vom Telefonzubehör-Laden, Wollmützen vom Wollmützen-Laden oder gefüllte *Piroschki* vom Gefüllte-Piroschki-Stand. Ich aber laufe als eine winzige Partikel dieser Masse an all dem vorbei, nehme wie immer den falschen Ausgang nach oben, stehe auf einer Straße und weiß überhaupt nicht, wo ich bin. Schnell drehe ich um, steige die Treppen wieder hinunter, drücke die Tür zum Metro-Eingang auf und stehe schon wieder vor einem „*Mundstück*"-Plakat.

In die *Kontorska-Straße* fährt keine Metro, kein Bus und keine Straßenbahn. Auch die *Marschrutkas*, die normalerweise überall dorthin fahren, wo sonst nichts hinfährt, fahren nicht durch diese Straße. Sie schlängelt sich am Flussufer des *Lopan* entlang, der bald darauf in den *Charkiw* mündet. Ich nehme an, dass sich früher hier die Warenlager und Büros der Handelshäuser befunden haben, sonst würde sie nicht die „Straße der Kontore" heißen. Sie würde sonst vielleicht „Holprige"-Straße oder „Baufälligen"-Straße heißen. Aufgrund einer möglichen Staubentwicklung ist es nicht empfehlenswert, diese Straße, die von der Innenstadt bis in den Außenbezirk verläuft, entlang zu promenieren, obwohl sie da und dort geradezu Spektakuläres aufzuweisen hat. Spektakulär nenne ich hier vieles, vor allem all jene Dinge, die ich an keinem andern Ort der Welt so gesehen habe. Ziemlich spektakulär, weil äußerst unscheinbar und unauffällig ist ein Gebäude, in dem sich das österreichische Honorarkonsulat und zugleich, was ich erst später erfahre, die Hauptkommando-Stelle eines der größten Agrarkonzerne der Ukraine befindet. Am Eingangstor widerfährt mir ein typisch ukrainisches Eingangstor-Erlebnis: die Tür ist versperrt, eine Klingel ist nicht zu sehen. Nach einer minutenlangen Suchaktion entdecke ich eine verrostete Taste um die Ecke, drücke sie und höre, wie der Portier irgendetwas durch die Sprechanlage schnaubt. Ich verstehe natürlich nichts, grüße höflich auf Deutsch, dann auf Englisch und schließlich auf Russisch, worauf die Tür erst recht verschlossen bleibt. Die Rettung kommt mit einer auf High Heels stöckelnden, stark geschminkten und parfümierten Frau, die plötzlich neben mir steht und ebenfalls Einlass begehrt. Wie von Zauberhand öffnet sich nun die Tür und ich husche im Abglanz der schicken Dame so schnell wie möglich hinterher. Es dauert nicht lange, dann bin ich wieder draußen, ein bisschen gescheiter und ein bisschen gescheitert.

Cedric

Einige Wochen später rutscht mir diese Episode bei einem Abendessen im Restaurant *Schato* heraus. Ich finde diese Geschichte nun schon ziemlich komisch und erzähle sie, weil ich angestrengt nach einem unterhaltsamen Beitrag zum Small-Talk mit meinem Tischnachbarn suche. Mein Nachbar ist der Direktor des Österreichischen Kulturforums in Kiew, der es sogleich getreulich seiner Chefin, der österreichischen Botschafterin in Kiew, weiterberichtet. Der Kreis schließt sich, als kurz darauf die Story dem Honorarkonsul zu Ohren kommt. Spätestens in diesem Augenblick wäre ich gerne in den Untergrund verschwunden, aber Aljona, die Sekretärin des Honorarkonsuls, schickt mir per SMS eine Einladung zu einem Gespräch mit Tee und Kuchen. Der Ausgang der Tee-Zeremonie war ja durchaus beglückend. Ziemlich motiviert schreibe ich dem Charkiwer Bürgermeister in einem E-Mail, dass diese wundervolle, faszinierende Stadt, die er regiert, ganz dringend ein neues Verkehrskonzept benötigt. Auf eine Antwort warte ich noch, und wie die Sache mit der Oligarchentochter und den drei toten Mädchen an der Kreuzung ausgegangen ist, habe ich bis jetzt auch noch nicht in Erfahrung bringen können.

Auslands-Lektoren werden als eine Mischung aus Animateuren und Aposteln, aufmunitioniert mit einer waghalsigen Entdeckerlust à la Christoph Kolumbus und missionarischem Eifer, von Österreich aus in die Ferne geschickt, um eine weltweit flächendeckende Verbreitung und Verbreiterung der deutschen Sprache österreichischen Zuschnitts zu bewirken. Dann kommt man vor Ort und stellt fest, dass es bereits eine Deutschgläubigen-Gemeinde gibt, allerdings einer etwas anderen Glaubensrichtung zugehörig. Man steht sozusagen auf gedüngtem Sprach-Boden, den vorsorglich meist schon andere gepflügt und gesät haben. In Charkiw waren dies Cedric und Vera, mein Kollege und meine Kollegin aus Deutschland. Cedric ist zwischen Luxemburg und dem hohen Norden sozialisiert worden und als DAAD-Lektor trampelt er, nicht ganz unabsichtlich, auf meiner österreichischen Seele herum, die dadurch nur noch österreichischer wird. Cedric ist ein hagerer, fast zwei Meter großer, jünglingshafter Mann und lässt sich immer wieder zu Bemerkungen herab, die den Eindruck vermitteln, dass er der Meinung ist, Österreich sei ein Kollateralschaden, im besten Falle jedoch ein putziges Nebenprodukt der deutschen Geschichte und Sprache. Das sehe ich naturgemäß etwas anders. Ansonsten unterscheiden sich die deutschen Lektoren von den österreichischen nur durch den Gebrauch des Präteritums, das Weglassen des Artikels bei Eigennamen und die relativ „würde"-lose Konjunktivform.

Um sich dieser Stadt sprachlich und auch seelisch etwas anzunähern, lässt man am besten ihre Vokale weg. Sie klingt dann wie „Chrkw" und entspricht der ortsüblichen Aussprache. Für deutsche Zungen klingt es etwas rau, betrifft aber nur die äußere Schale. Der Kern dieser Stadt ist butterweich, ungeachtet dessen, dass hier die Butter im Tiefkühlfach aufbewahrt wird und daher stets steinhart auf den Frühstückstisch kommt. In Charkiw gibt es Fabriken, die sich kilometerlang durch das Stadtgebiet winden. Da ist zunächst die berühmte, von Stalin zärtlich bewunderte Traktoren-Fabrik, dann die Fabrik für Lokomotiven, die Fabrik für Panzer, die Fabrik für Turbinen, die ehemalige Atomspaltungs-Fabrik und nicht zuletzt die Fabrik für Schneefahrzeuge. In letzterer wurden jene bombastischen Schneeräum-Vehikel hergestellt, die ursprünglich für Expeditionen in der Antarktis gedacht waren. Sie hatten sogar eine Toilette an Bord. Deshalb heißt so ein Gefährt *Charkowtschanka*, so wie man auch die Einwohnerinnen von Charkiw nennt. Unter den *Charkowtschanki* gibt es viele hübsche, zarte Wesen. Sascha ist Fachärztin für Anästhesie, unverheiratet, als Hobbys gibt sie Inline-Skaten und

Deutschlernen an. Hobbys machen mitunter nicht nur Spaß, sondern verursachen auch Mühsal. Sascha bemüht sich sehr, mit mir Konversation auf Deutsch zu betreiben. Wenn sie spricht, klappe ich die Ohren halb zu, sie spricht wie ein verstopfter Wasserhahn, aus dem stoßweise der Wasserstrahl spritzt, dazu kommt, dass einfach nichts passt, Subjekt, Prädikat, Objekt, alles im falschen Fall und falsche Zeit und falsche Syntax. Es hat keinen Sinn, sie zu korrigieren, so lasse ich ihr Kauderwelsch sprudeln, bis sie erschöpft ist und eine Zeitlang ihren Mund hält. Sascha fliegt im Urlaub in die Türkei, um sich zu entspannen, Natalja fährt mit dem Bus auf eine Pilgerreise nach Sibirien, um zu beten. Anja fährt mit den Schwiegereltern und ihren zwei kleinen Buben an den Strand des Asowschen Meeres, um zu baden.

Wenn man eine Stadt mit einem menschlichen Körper vergleichen würde, dann würden die Kirchen die Fingernägel sein. Die Fingernägel der Frauen sind heilig, sie werden errichtet wie unermesslich wichtige Gebäude, steil, spitz, hoch, geschmückt mit Lack, Farben und kostbaren Steinchen. Der heiligste Körperteil der ukrainischen Frau ist der Fingernagel, daher hat sie zehn heilige Körperteile und sie trägt diese immer bei sich. Sie werden hochgehalten wie Monstranzen, weit gespreizt, damit sie gesehen werden können.

Sie huschen und schweben über die Displays der Smartphones wie Engelscharen über die Altäre. Wenn man über Fingernägel spricht, dann muss man natürlich auch kurz über Religiöses sprechen. Die orthodoxe Religion riecht gut und erscheint immer ein bisschen verschwommen, da viel Weihrauch im Spiel ist. In diesem Kräuterduft-Kerzenlicht-Nebel werden sämtliche Ikonen von den Kirchenbesuchern inniglich und stundenlang halb totgeküsst, vermutlich mit der Vorfreude auf die süßen Brötchen, die vor der Kirche von Klosterfrauen in einem Klosterbäckereiladen verkauft werden. Die orthodoxen Kirchen sind gesellige Orte, in einer Ecke plaudert ein Priester mit einer Nonne, in einer anderen singen drei Damen mit einem Diakon um die Wette, drüben bügelt eine Frau die Kirchenwäsche und im Einkaufsladen beim Eingang ist sowieso die Hölle los.

Diese Stadt ist ein bisschen spröde, aber sie sorgt sich um ihre Bewohner und lässt niemanden gerne allein. Betritt man ein Gebäude, wird man schon am Eingang von einer in einer Glasvitrine oder in einem Holzpavillon sitzenden Aufsichts-*Babuschka* empfangen, genau gemustert und gelegentlich auch verhört. Jedes Büro, jede Universität, jedes Amt, jedes Geschäft, jede Kirche, jede Metro-Station, jedes nur erdenkliche Gebäude, auch wenn es nur mehr aus Ruinen besteht, hat beim Eingang mindestens eine solche *Babuschka* postiert. Manchmal ist es auch das männliche Pendant, ein *Deduschka*, der aber erstaunlicherweise viel weniger angsteinflößend ist. Obwohl ich meistens ein reines Gewissen habe, ziehe ich den Kopf ein, schleiche auf Zehenspitzen vorbei und atme erst aus, wenn ich außer Blickweite bin. Ich habe sicher zu viele amerikanische Filme mit sowjetischen Spionen und deren weiblichen Gegenstücken gesehen.

Auf dem Weg zur Metro begegne ich einer Frau, die an der Leine einen ganz jungen Hund führt. Er hat sich mitten auf der Straße niedergesetzt. „Idiot!" sagt die Frau zu ihm, und wieder „Idiot? Idiot! Idiot?" und zieht ein bisschen an der Leine. Dem Hund ist das egal, er bleibt sitzen. Wenn man aber genau hinhört, sagt sie „Idjot" und nicht „Idiot" und das ist ein sehr großer Unterschied, besonders in slawischen Sprachen. Das zweite heißt, was es heißt, und das erste heißt „er geht" oder „geht er?" und ist für ukrainische Hunde vermutlich die Aufforderung, jetzt endlich „bei Fuß" zu gehen. Der wahrhaftige Idiot setzt sich gerade auf eine Sitzbank im Metro-Waggon, seine Begleitung – auch ein Idiot, aber ein bisschen weniger – hilft ihm, sich niederzusetzen und zieht ihm fürsorglich die Zipfelmütze über die abstehenden Ohren. Der sitzende Idiot ist ganz klein, blass, schmal und hat ein vorgeschobenes Unterkiefer. Alles andere sieht man nicht wegen der Zipfelmütze. Es sind aber beileibe nicht dieselben Idioten, die Serhij Zhadan in seinen Geschichten frei herumlaufen lässt. Seine irren Wanjas, Wasjas, Wolodjas, Anastasijas, Nastjas und Nataschas jagen durch die Stadt, auf der Suche nach Alkohol und noch einmal Alkohol und nach Weiß-der-Himmel-was, und das Ergebnis sind atemberaubende und strapaziöse Geschichten, die auch den Leser, sofern er durchhält, total fertig machen. Ich glaube schon lange nichts mehr und bin, um meine Zweifel zu bestätigen, extra in einen Stadtteil gefahren, den der Autor so beschreibt: „(…) direkt hinter dem neuen Zirkus, zwischen Fluss und Eisenbahn ganze Quadratkilometer eines undurchdringlichen privaten Sektors, hinter dem direkt die Fabriken anfangen, wie soll ich sagen – alte Fabrikvorstädte, im Sommer ist dort überhaupt niemand auf der Straße, weiß nicht, wohin die alle verschwinden, aber man kann durch Stunden durch Sand und Schotter stapfen, und niemanden treffen, wie es dort im Winter aussieht, mag ich mir gar nicht vorstellen.“ Es war der fünfundzwanzigste Jänner und ich stapfte durch knöchelhohen Schneematsch.

Vadim

Ich setze mich genau gegenüber von den zwei Idioten und begutachte die Reklametafeln, die in den Waggonfenstern kleben. Es ist Sonntag, sechs Uhr dreißig, es ist noch dunkel und es regnet. Ich bin zu einer Vergnügungsfahrt in den *Donbass* eingeladen. Nach der vierzehnstündigen Busfahrt bedanke ich mich, indem ich auf Russisch „der Tag war sehr schön, der Tag war sehr interessant, der Tag war wunderbar, vielen Dank und auf Wiedersehen" sage. Ich habe den Satz während der langen Fahrt mehrmals im Kopf vorgekaut und geknetet, damit es reibungslos klappt. Bei dieser enormen Satzlänge kann ja leicht etwas schiefgehen. Die Wahrheit ist jedoch nicht russisch, sondern lautet auf Deutsch: Der Tag war gar nicht so schön, er war ziemlich anstrengend, zeitweise sogar tödlich langweilig gewesen. Möglicherweise ist diese Art der Beschreibung für eine Fahrt in ein Kriegsgebiet unpassend, aber es war ganz einfach überhaupt nichts und schon gar nichts besonders Aufregendes passiert! Ich musste eine stundenlange Autofahrt absitzen, es standen unterwegs ein paar mehr oder weniger reizvolle Sehenswürdigkeiten in der Gegend herum, die man lange betrachten musste, ob man wollte oder nicht, es wurde eine Art Picknick veranstaltet, bei dem man sich die Fressalien selbst hätte mitbringen sollen, was ich aber nicht gewusst habe und deshalb auf die milden Gaben meiner Mitreisenden angewiesen war. Es handelte sich dabei um getrockneten Fisch mit Wodka. Wegen dieser Vorkommnisse ist man versucht, die Entscheidung, sich als Lektorin in die ukrainische Steppe verschickt haben zu lassen, zu bedauern. Ebenso, sich entschlossen zu haben, in eine Gegend zu reisen, welche früher zuerst das „freie Land" und dann das „wilde Feld" genannt wurde, weil sich die Tataren und die Kosaken hier keine gute Nacht wünschten, sondern sich wilde Schlachten lieferten, sodass letztendlich niemand mehr übrigblieb und das Land wieder frei war. Auf diesem muss man daher jetzt selbst für Wasser sorgen, um die winzigen Pflänzchen der deutschen Sprache zu gießen, damit sie gedeihen können, aber zugleich das sprachliche Unkraut, das genauso munter sprießt und gedeiht, vorsichtig wegzupfen. Geerntet werden bei guter Pflege und im Idealfall viele reife, schöne Satz-Früchte. Manchmal sind sie jedoch leicht verschrumpelt, das ist der Akzent. Bezüglich der Aussprache ist Vorsicht geboten, damit die Sache nicht umgekehrt verläuft und man sich nicht mehr assimiliert, als es der eigenen Muttersprache recht ist. Der russisch-ukrainische Akzent ist nämlich ein Alphatier und fegt mit einer Selbstverständlichkeit alles hinweg, was man deutsche

Phonetik nennen könnte. Auch ich beginne langsam, das H nicht mehr zu hauchen, sondern zu röcheln, sodass das Heute wie „cheute“ klingt, das R am Ende nicht zu verschlucken, sondern genüsslich auszurollen (der „Lehrrerrr“), den Umlaut Eu nicht zum Oi zu verbinden sondern das E und das U schön extra auszuformulieren („Le-ute“) und zu guter Letzt die Syntax verschlampen zu lassen, dass sie holpert und stolpert, sodass es ein Graus ist. Hier bekümmern diese sprachlichen Unebenheiten natürlich niemanden.

Der Ausflug in den *Donbass* ist übrigens gar nicht so ereignislos verlaufen, wie ich es beschrieben habe. Zunächst sind meine armen Stiefel mitsamt den darin steckenden Füßen fast verbrannt, weil die Bodenheizung im Autobus auf Maximal gedreht war und ich mich genierte, angesichts der politischen Situation vor meinem Busfenster, wegen so einer Kleinigkeit zu jammern und zu klagen. Weitere abenteuerliche Begebenheiten waren die vielen großen Steine, die auf den Hügeln und Wiesen herumstanden und die beim Näherkommen Gesichter, Hände, Hängebusen und dicke Oberschenkel bekamen. Es nützt nichts, aber um translatorisch korrekt zu bleiben, muss man diese *Kameni-Babi* genannten Gestalten mit „Stein-Weiber“ übersetzen. Jedenfalls sind sie alt, sehr alt und haben irgendwas mit dem Schönheitsideal des Volkes der Petschenegen zu tun. Bei der letzten Volkszählung in Russland gab es noch sieben bekennende Petschenegen, die aber wegen Geringfügigkeit gar nicht in die Zählung aufgenommen wurden.

Eine Volkszählung der österreichischen Staatsbürger in Charkiw würde die Zahl zwei ergeben. Trotz dieser geringen Menge werden in regelmäßigen Abständen Österreicher-Treffen veranstaltet, bei denen wir uns im Café *Zuzu* am *Maidan Konstitutii* treffen und ein bisschen über Gott und die Welt um uns herum lästern. Martin ist bei der deutschen Gesellschaft für Internationale Zusammenarbeit (GIZ) angestellt, die sich darum bemüht, Menschen und Organisationen bei administrativen und kooperativen Veränderungsprozessen zu beraten. Martins Aufgabe ist es, die Beamtenschaft im Charkiwer Rathaus bei ihrer Arbeit mit guten Ratschlägen zu unterstützen und sie mit den Standards west- und mitteleuropäischer Verwaltungsarbeit vertraut zu machen. Das ist nicht immer einfach. Der Vorteil für ihn ist, dass er dadurch den Bürgermeister von Charkiw, seinen Verwaltungsapparat und das gesamte ukrainische Universum viel besser kennt als ich. Martin weiß alles, vom „*Mundstück*“ hat er allerdings leider auch noch nichts gehört.

Am fünfundzwanzigsten Jänner habe ich neben der Eintragung „Das Fabriksgelände von Zhadan besichtigt“ noch die Bemerkung „Planung meiner Autobiografie als ukrainischer Diktator“ ins Protokoll notiert. Dafür schäme ich mich im Nachhinein ein bisschen. Allmachts-Fantasien sind keinesfalls gutzuheißen, ich muss aber dafür um Verständnis bitten. Sie überfielen mich in der nebelgefrierenden, feuchttraurigen Stadtluft und meine redlichen Versuche, sie zu unterdrücken, wollten nicht gelingen. Die Vorstellung, als unumschränkter Herrscher sämtliche trostlosen Betonflächen mir nix dir nix in adrette Parkanlagen umgestalten zu können, mit einem gigantischen *Babuschka*-Putztrupp alle dreckigen Hausflure dieser Stadt zu kehren und anschließend unfassbar luxuriöse *Babuschka*-Residenzen errichten zu lassen, daraufhin alle stinkenden und rauchenden Motorvehikel in der *Sumskaya-Straße* zwischen Verfassungsplatz und Oper mit einem Bannfluch zu belegen und zur schönsten Promenaden-Zone der Welt zu erklären, und in weiterer Folge sämtliche Bordsteine und Gehsteigkanten, denen es angelegen ist, der Chinesischen Mauer nachzueifern, wegzuschremmen, erhellte mein finsteres Gemüt mit einem Schlag. Meine Hirngespinste endeten am Platz der Freiheit, an welchem mich am Tag der Dankbarkeit Millionen freudestrahlende *Charkowtschanki* bejubeln und lobpreisen.

Ich laufe schnell nach Hause, alle Woljas, Oljas, Serjihs und Walodijas laufen hinter mir her, auch Zhadan ist dabei oder zumindest bilde ich mir das ein. Ich bleibe bei der Frau, die am Asphalt Küchenzwiebeln und Knoblauchknollen verkauft, ausnahmsweise nicht stehen, ich eile weiter, springe über Löcher und Straßengräben, laufe die sechs Stockwerke hoch zu meiner Wohnung und schließe schnell dreimal die Tür hinter mir ab und lege den Sicherheitsriegel vor. In dieser Nacht reaktiviere ich das Projekt Reiseführer. Reiseführer, so werde ich meinen Studenten erklären, gibt es, seitdem man reist, also schon immer. Und ich werde sie fragen, ob sie bereits einmal was von Odysseus gehört haben. Ich werde ihnen dann darlegen, dass der Hauptgrund für seine Irrfahrten war, dass er vergessen hatte, einen Reiseführer mitzunehmen. Dann werden sie große Augen machen, aber den Mund werden sie nicht aufmachen, um mir zu sagen, was für einen Unsinn ich daherrede. Sie werden brav alles akzeptieren, was ich ihnen erzähle. Ich werde meine Studenten auch fragen, welche Reisen sie schon gemacht haben und welche Reiseführer sie dafür benützt und gelesen haben. Dabei wird sich herausstellen, dass alle schon hier- und dorthin gereist sind, aber keiner von ihnen hat einen Reiseführer benützt oder gelesen. Zhadan, ein Meistererzähler von Geschichten mittels direkter Rede, würde das

Gespräch, welches ich mit den Studenten führen werde, literarisch etwa so umsetzen: „Vadim, warst Du schon einmal im Ausland?" Vadim: „Ja". Ich: „Aha, wo warst Du denn?" Vadim: „Deutschland". Ich, interessiert: „Aha, wann warst du in Deutschland?" Vadim: „Vor ein Jahr". Ich: „Wie bist du dorthin gereist, mit dem Flugzeug oder mit dem Autobus?" Vadim: „Autobus". Ich: „Aha, interessant, und wo warst du genau?" Vadim: „Passau". Ich: „O sehr schön, was hast du dort gemacht?" Vadim (lacht verlegen, überlegt ein bisschen): „Nichts". Ich (erstaunt und ungläubig): „Vadim, das kann nicht sein, bitte denk nach, was du dort gemacht hast. Warum warst du dort?" Vadim: „Zu Deutsch lernen". Ich (ziehe weiter emsig aus der Nase): „Ja, toll, erzähl doch ein bisschen, wie war deine Zeit dort?" Vadim „Super". Ich: „Was hat dir am besten gefallen? Erzähl uns ein bisschen, bitte!" Alle lachen. So darf man keine Gespräche mit Studenten führen. Das führt zu nichts.

Ich weihe die Studenten (von uns Lektoren liebevoll „Studis" genannt) in mein Projekt ein und wecke ihr Interesse. Ich rede ihnen ein, dass Charkiw unbedingt einen deutschsprachigen Reiseführer benötige, dass es eine einmalige Gelegenheit und tolle Herausforderung sei, für einen Reiseführer zu recherchieren und dafür auch noch eine Note zu bekommen. Jedenfalls ein fantastischer Plan. Ich schaue in die Runde und sehe mich mit einem Dutzend steinerner Agentengesichter konfrontiert, direkt aus einem sowjetischen Spionage-Film entlehnt. Um ein bisschen Bewegung in die Truppe zu bringen, sollte ich wohl hinzufügen: Leute, ihr könnt Geld damit verdienen! Ich lasse mich aber nicht irritieren und verteile die Themen. Der Auftrag lautet, auf Entdeckungsreise zu gehen, alles aufzuschreiben, was zur Aufgabe passt und anschließend in eine einigermaßen akzeptable Seminararbeit zu gießen. Sergej soll sich um die gastronomischen Angebote der Stadt kümmern, Natascha um die Theaterszene, Artem bekommt die öffentlichen Verkehrsmittel umgehängt, Wowa die Unterkünfte, Alex ist für das Shopping zuständig, Wolodomyr für die Sportstätten, Nastja soll die Museen machen und Sascha Geheim- und Insidertipps geben. Das Thema Nachtklub bleibt übrig, darum werde ich mich selbst kümmern. Damit hätten wir alles, um einen halbwegs brauchbaren Reiseführer anzufertigen. Alle ziehen für diesmal von dannen und ich bleibe zurück mit der Hoffnung, dass auf diese Weise das Rätsel mit dem „*Mundstück*“ gelöst werden kann.

Martin

Der österreichische Honorarkonsul ist ein höflicher Mann, der gut Englisch spricht und Ukrainisch und Russisch. Vermutlich beherrscht er auch Polnisch, weil das Ukrainische dem Polnischen ähnlicher ist als dem Russischen oder zumindest gleich ähnlich. Oft werden alle drei Sprachen in einen Topf geworfen und kräftig umgerührt, wodurch eine delikate sprachliche Mischkulanz entsteht, derer sich alle bedienen, was aber niemand gern zugibt. Ich mache bei dieser Pantscherei mit und mixe vergnügt kreative Wortcocktails. Etwas Senf spendet zu diesem typisch ostukrainischen Sprachensalat namens *Surschyk* auch die deutsche Sprache, etwa mit einem *Buterbrod*, dem *Ruksak*, der *Marschrut*, dem *Kurort* und nicht zuletzt dem *Mundstuk*. Zur Teeplauderei mit dem Honorarkonsul hat sich glücklicherweise mein Landsmann Martin bereit erklärt, mich zu begleiten. Falls – zum Beispiel – die Sprechanlage nicht funktionieren sollte.

Cedric spricht ganz gut Russisch, Vera spricht ganz schlecht Russisch. Aber wir unterhalten uns sowieso immer auf Deutsch, ich in der österreichischen Variante, meine zwei Kollegen in der deutschländischen. Es gibt keine Verständigungsschwierigkeiten aus grammatikalischen oder lexikalischen Gründen, sondern nur aus Geschwindigkeitsgründen. Cedric spricht in einem gnadenlosen Tempo ein spitzes, hohes Norddeutsch versetzt mit Luxemburgischer Aussprache, welche dem Holländischen bereits sehr nahe ist. Dem halsbrecherischen Gesamttext kann man nur folgen, wenn man über ein hohes Konzentrationspotential verfügt. Cedric kommt gewöhnlich mit einem Taxi, steigt aus, beschwert sich über den Taxifahrer und sein Auto, über den Preis, über die Stadt, über das Land, über die Uni, über die Studenten, über die vielen Leute, über die wenigen Leute, über alle Leute. Seine Beschwerden finden im wohlgesetzten und treffsicheren Imperfekt statt, was sogar den übelsten Schimpfereien Kultur und Intellekt verleiht. Mit dem Imperfekt kann man sich tatsächlich Respekt verschaffen, vor allem im Ausland. Das beherrschen die Österreicher nicht so gut. In der Schweiz gibt es aus Spargründen gar kein Imperfekt.

Als autoritäre Herrscherin über diese Stadt werde ich ihr den Titel „Die kleine, aber viel klügere und nettere Schwester von New York“ verleihen, oder „Die liebenswürdigste aller Städte, die genau am 50. Breitengrad liegen“. Diesen Titel hätte sie dann vor *Bad Harbour* in Neufundland, *Krasnokamensk* in Transbaikalien, *Temirtau* in

Kasachstan, *Erdenebulgan* in der Mongolei, *Mörschbach* im Rhein-Hunsrück-Kreis, *Pszow* in der polnischen Wojwodschaft Schlesien, *Karakabak* in Kirgisien und auch noch vor der Hauptstadt *Kiew*. Ich nehme in der Mitte der Straße Anlauf, steuere auf den mit dem roten M für Metro markierten Eingang zu, springe zum Treppenabgang und stürze mich wieder in den Kosmos der Unterwelt. Bei der Absperrung drücke ich die Metro-Plastikkarte auf das Display, ein kurzer Blick hinüber zur *Babuschka*, die heute eine junge *Charkowtschanka* ist mit der mondänen Tellerkappe auf dem hübschen Kopf, die zur Uniform von Aufsichtspersonal und Polizei gehört, dann lasse ich mich auf der Rolltreppe zum Bahnsteig nach unten rollen. Der Waggon fährt ein, bleibt stehen, ein Schwall drängt aus der Tür und ergießt sich auf die Plattform. Sobald dieser in Richtung Ausgang verschwindet, zwänge ich mich in das Abteil, versuche einen Haltegriff zu fassen, erwische ihn aber nicht, bleibe haltlos stehen, umfallen kann ich im Gedränge sowieso nicht. Der Fahrtlärm ist ohrenbetäubend. Eine Hand hält sich direkt vor meiner Nase an der Tür fest, ich kann meinen Kopf aus Platzgründen nicht auf die Seite drehen, die Hand riecht nach etwas Gebratenem oder Gebackenem, entweder nach *Pelmeni* oder nach *Hatschapuri*, so genau kenne ich die ukrainische Küche noch nicht. Die ukrainische

Küche ist übrigens keine ethnisch saubere Küche, sondern ein gehöriger Pfusch, bei der sämtliche Nachbarvölker mitkochen. Mein Blick verfolgt die Hand entlang zum Arm und anschließend zum Kopf, welcher in ein Kopftuch gewickelt ist und einer Frau gehört, die zwischen ihren Füßen zwei riesige, ballonartige Nylonsäcke festhält. Die Gestalt selbst ist klein, gebeugt und grau. Wir rütteln gemeinsam drei Stationen ab: zuerst die Station *Holodna Gora*, was „Kalter Berg" bedeutet, dann *Pivdenji Voksal*, was „Südbahnhof" heißt, und dann *Zentralni Rinok*, wie der Zentralmarkt genannt wird. Dort steigt die *Babuschka* mit den Nylonsäcken aus, ich fahre noch eine Station und interessiere mich für die Austapezierung des Waggons. Es handelt sich dabei um eine flächendeckende Pflasterung von Plakaten und Reklametafeln, die für neue Zähne, für Kredite aus dem Lombard-Pfandleihhaus, für Deutsch-Kurse, für Luxus-Wohnungen, für Pizzas im Restaurant „Mafia" und für vieles mehr werben. Parallel zu diesen Informationen wird mein ukrainisches Sprachniveau um den Preis eines Metro-Tickets – also praktisch fast umsonst – erheblich angehoben. Die Durchsage im Lautsprecher wiederholt hunderte Male am Tag den Satz: „Sehr geehrte Fahrgäste, der Zug fährt ein. Achtung, die Türen schließen sich. Die nächste Station ist der Platz der Verfassung." Viel mehr an

Vokabular und Grammatik benötige ich für meinen Alltag nicht. Gleichfalls wertvoll ist die Ansage: „Überlassen Sie bitte die Plätze alten Leuten, Kranken, Veteranen des Feldes, Invaliden und schwangeren Frauen" – sowohl für den Spracherwerb als auch für den moralischen Fortschritt. Die Methode der ständigen Wiederholung ist die Sauce Béchamel des Sprachenlernens, sie verkleistert und verfestigt die einzelnen Elemente, macht das Ganze erst derart sämig, dass es flüssig über die Zunge gleiten kann. Mit dieser Methode koche ich auch meine Studenten ein. Stanislav, ein Student des Seminars „Deutschsprachige Kommunikation", revanchiert sich mit einer brillanten Lektion im beschönigenden Formulieren. Er bekommt ein Foto vorgelegt, das er beschreiben soll. Nach kurzer Nachdenkpause erklärt er in gestochenem Deutsch: „Das Wetter war nicht so schön, wie es gewünscht gewesen wäre." Das Foto zeigt ein Autowrack, das nach einer Überschwemmungskatastrophe fast vollständig im Schlamm versunken ist. Ich bitte Stanislav, beim Projekt „Deutschsprachiger Reiseführer für Charkiw" mitzumachen. Ich halte es für möglich, dass er aufgrund seines Euphemismus-Talentes wertvolle Beiträge liefern kann. Ich denke dabei an die Beschreibung der Friedhöfe und werde mir überlegen, mit welchen Mitteln ich sein Interesse dafür wecken kann.

Die Straßen einer Stadt sind die Venen und die Arterien, die kleinen Gässchen die Besenreiser. In den Adern fließt ununterbrochen alles von oben bis unten und wieder von unten bis oben und hält so das Ganze auf Trab. Bei einer Gerinnungsstörung kommt es zur Thrombose, dann droht der Stillstand und die Stadt bekommt einen Herzinfarkt. Gerinnungsstörungen gibt es genug in Charkiw. Auf der gepflasterten *Sumskaya*, auf der man bis in die nordöstlich gelegene, dreihundert Kilometer entfernte Stadt *Sumi* hoppeln kann, suhlen sich die flotten SUV-Fahrer mit den klapprigen *Wolgas* und *Moskwitschs* gemeinsam im Straßenstaub. Im Strom eines Blutgefäßes mitschwimmen ist nun mein billigstes Vergnügen, ich stelle mich an einer Straßenecke auf, entscheide mich für rechts oder links und dann rinne ich langsam los, schaue dahin und dorthin oder einfach nur geradeaus. Heute surfe ich auf der *Altschewsky-Straße*, einer meiner Lieblingsstraßen. Im 19. Jahrhundert besaß die Familie Altschewsky ein Bankhaus in Charkiw und gehörte zur wohlhabenden und kultivierten großbürgerlichen Gesellschaft. Bis vor kurzem hieß diese Straße *Artem-Straße*, benannt nach einem gewissen Sergej Fedor Andreewich, auch Genosse Artem genannt. Dieser war ein russischer Revolutionär, ein glühender Bolschewik und Kommunist, der als Mitorganisator der Ersten

Donezker Armee in Charkiw intensiv gegen die soeben unabhängig gewordene ukrainische Regierung gekämpft hat. Das war im Jahre 1917. Kommunistische Helden braucht man heutzutage aber nicht mehr und daher hat das ukrainische Parlament ein sogenanntes Dekommunisierungs-Gesetz erlassen, ein Gesetz, welches für die Entsorgung des Kommunismus sowie die Helden des Kommunismus sorgt. Städte, Plätze, Straßen, Gässchen, Friedhöfe und Metro-Stationen, die nach Kommunisten und sowjetischen Helden, Generälen und Marschällen benannt sind, müssen unbenannt werden. Vorzugsweise mit Namen von ukrainischen, nichtkommunistischen Helden und Generälen und Marschällen. Allerdings konnte man ad hoc nicht so viele ukrainische Helden wie benötigt aus dem Ärmel schütteln und deshalb heißt jetzt der *Lenin-Boulevard* „Boulevard der Wissenschaften", die *Karl-Marx-Straße* heißt „Verkündigungsstraße", die *Rosa-Luxemburg-Straße* „Pavlovska-Straße" nach einem ziemlich unverdächtigen Herrn Pavlov, und die *Sozialistische Allee* heißt jetzt „Allee der Freiwilligen" (im Krieg gegen Russland). Seltsamerweise wurde auch die „Oma-Straße" (*Babuschka ulica*) umbenannt und heißt jetzt nach einem nicht sonderlich bemerkenswerten Kunstpädagogen *Pestrikoff-Straße*. Die Metro-Station, die nach der sowjetischen Armee benannt war, ist nun die Station der

„Ukrainischen Armee“. Die großen Kreuzungs-Stationen haben zwei Namen, wenn man die alten Bezeichnungen dazunimmt, sind es dann schon vier Bezeichnungen je Station. Die definitive Schwierigkeit für Fremde liegt aber darin, dass die alten Namen manchmal noch da sind oder auch nicht, die neuen auch schon da sind oder noch nicht und im Stadtplan sowieso völlig andere Namen aufscheinen, die vermutlich noch aus der Zeit der russischen Revolution stammen. Nur der *Moskau-Prospekt* ist noch immer der *Moskau-Prospekt*, er ist über zwanzig Kilometer lang und die Umbenennung hätte vermutlich eine bolschewistische Revolution ausgelöst. Für Fremde ist die Straßensuche ein lustiges Ratespiel. Genosse Artems Sohn hieß Artem Artemowitsch und wurde von Stalin adoptiert, weil der Vater Artem unter den üblichen merkwürdigen Umständen bei einer Eisenbahn-Testfahrt ums Leben gekommen war. Dafür wurde ihm zu Ehren ein Monument in Form einer enorm riesigen Statue am Rande des Donezker Beckens aufgestellt. So viel Denkmal ist schwierig und ausgesprochen teuer zu entfernen, die Dekommunisierung scheitert am Beton, und der russische Held Artem blickt noch immer mit wildem Blick hinunter ins Tal. Der Name Artem wird sowohl in Russland als auch in der Ukraine nicht so ausgesprochen, wie Deutschsprachige es vermuten, sondern etwas weicher und runder – *Artjom.* Der Bankier Alexej Altschewsky machte in der Wirtschaftskrise Bankrott und warf sich am St. Petersburger Bahnhof vor den Zug.

Elena

Sobald die ranzigen, grauen Wintermäntel aus der Stadt verschwunden sind, lerne ich *Okroschka* kennen. Mit *Okroschka* macht mir das Leben wieder Spaß, mit ihr kommt mir alles so frisch, bunt und fröhlich vor. Schon beim Aufwachen denke ich an sie, an diese kalte Sommersuppe, bei der man sich aussuchen kann, ob man sie mit Sauerrahm, Gemüsebouillon, Fisch oder Fleisch essen will und die mein Leben hier bereichert und verschönt. Neben dem Fleisch und dem Fisch schwimmen noch klein gehackte Gurken, Radieschen, Karotten und Eier in der Suppe, das Ganze soll nach Dille schmecken, deshalb hackt der Koch auch viel Dille klein und verstreut ihn weit bis über den Suppentellerrand hinaus.

Warum ich den armen Serhij Zhadan verfolge, vergesse ich von Zeit zu Zeit. Meine Protokoll-Aufzeichnungen helfen mir weiter, dort habe ich notiert, worum es geht. Ich google Stalking und bin alarmiert. Gott sei Dank weiß er nichts davon. Zhadan, so erzählt mir Elena, meine Kollegin an der Uni und zuständig wie ich für den Deutschunterricht, wohnt in ihrer Nähe, aber wo genau, weiß sie leider auch nicht. Aber, so spricht sie weiter, sie habe gehört, er schreibe gerade an einem

Opern-Libretto. Weiß der Himmel, wo sie diese Information her hat. Das Libretto handle von einem österreichischen Helden. Ich möchte unbedingt wissen, wer dieser Held ist. Elena sagt, den Namen des Helden wisse sie leider nicht mehr, aber sie werde sich erkundigen.

Ich stehe an der Kreuzung, an welcher vor ein paar Monaten der tragische Unfall passiert ist. Elena, der ich den Namen dcs österreichischen Libretto-Helden entlocken möchte, steht neben mir und zaudert und jammert, dass sie hier nicht über die Straße gehen möchte. Nicht an dieser Kreuzung! Sie zieht mich in das gegenüberliegende Lokal *Pusata Chata*, auf Deutsch „Fettbauch-Hütte“. Sie ist der ukrainische McDonald, der originale McDonald ist nur ein paar hundert Meter entfernt. Viele sitzen schon in der „Hütte“, welche in einem ehemaligen, klassizistischen Stadtpalais untergebracht ist, und essen extrem preisgünstiges, ukrainisches Fast-Food. Elena hat vermutlich tatarische Vorfahren, ihre Haare sind nachtschwarz, ihre Augen noch schwärzer und ihre Backenknochen breit. Es könnte auch ein wenig Kosakenblut dabei sein, denn irgendwo müssen die Kosaken ja geblieben sein, die in der guten alten Zeit die Gegend hier bevölkert haben. Kosaken erkennt man sofort an ihren exzentrischen Frisuren, an den Pluderhosen und an ihrem

Reit-Stil. Heutzutage verkleiden sich die Kosaken als brave ukrainische Bürger, lassen ihre Pferde zu Hause und galoppieren stattdessen mit SUVs über die Pflastersteine und lassen sich beim arabischen Perückenmacher einen flotten Haarschnitt rasieren. Ich ziehe Elena alles nur Mögliche aus der Nase heraus, woher soll ich es denn sonst erfahren. Wenn sie dann aber loslegt, muss ich mich sehr konzentrieren, sonst kriege ich die Pointen nicht mit. Genauso anstrengend, wie in einer fremden Sprache zu sprechen, die man nicht fließend beherrscht, ist es, jemandem zuzuhören, der die Sprache nicht fließend beherrscht. Zwischen den aufmunternden und verständnisvollen „Ach so, ja“ und „ich verstehe“ muss man verschiedene, soeben gehörte Wortfetzen und Satzteile unauffällig auseinandernehmen und so schnell wie möglich wieder sinnvoll zusammensetzen. Ich bin mir nicht sicher, ob ich bei der Geschichte mit dem Kühlschrank alles richtig verstehe. Elena erzählt mir nämlich, dass in der Zeit des Kommunismus am Platz gegenüber der Hütte für Fettbäuche ein Denkmal gestanden hat, welches von der Bevölkerung „Fünf Personen tragen einen Kühlschrank weg“ genannt wurde. Es war ein Denkmal zu Ehren der sowjetischen Flagge und zum Ruhm aller Helden der Sowjetunion und angeblich unglaublich groß, angeblich auch unglaublich hässlich. Als es politisch nicht mehr korrekt war, trug man es einfach weg. Irgendwo am Rande dieser Stadt gibt es neben einem deutschen Soldaten-Friedhof auch einen sowjetischen Denkmal-Friedhof. Dort, nehme ich an, ruht nun dieser Kühlschrank. An seiner Stelle steht auf dem Verfassungsplatz jetzt eine sportlich wirkende Dame auf einem Bein und wedelt freudestrahlend mit der ukrainischen Flagge.

Hingebungsvoll pflege ich mein Schul-Russisch. Zweimal in der Woche gehe ich zu Natalja, meiner Russisch-Lehrerin. Sie unterrichtet im Sprachenzentrum des „International House“ in der *Ulica Marschala Bazhanova*. Der sowjetische Held Jurij Pavlowitsch Bazhanov ist der Straßensäuberung entschlüpft und liegt am städtischen Friedhof Nummer zwei in der Abteilung Kriegshelden. Ich liebe die russische Sprache. Aber es ist eine unglückliche, weil gänzlich unerwiderte Liebe. Der Sprache selbst bin ich anscheinend egal und sie ist – wie es außergewöhnliche Schönheiten manchmal so an sich haben – hochmütig und boshaft. Ab und zu wirft sie mir ein paar Brocken hin, so wie man ein paar Kopeken in den Plastikbecher eines Bettlers wirft, reißt mir aber, kurz bevor ich sie mir einverleibt habe, wieder alles aus dem Mund. Ich bleibe dann ganz blöd stehen und bringe kein Wort mehr heraus. Höchstens ein paar stottrige Teilstücke. In mir steigt der grausame Verdacht hoch, dass ich in die Falsche verliebt bin. Gescheiter wäre, ich würde mit der ukrainischen Sprache anbandeln, aber die ist halt nicht ganz so sexy. Sergej (wenn er Ukrainer wäre, würde er sich Serhij nennen) schreibt mir, dass er sich bereits ausführlich in der gastronomischen Szene der Stadt umgesehen hat. Er schickt seine Auswahl und hängt jeweils brav eine kleine Beschreibung dran, so wie es bei touristischen Reiseführern üblich ist. Er bezeichnet *Fresh-line* als „eine Sandwichbar-Kette mit Gesundzutaten", in der „*Korowa-Bar* gibt es viele Veranstaltungen durchgeführt und Salaten zum Essen", „*Kulinitschi* – eine berühmte günstige Bäckerei über hundertmal in der Stadt", „*Sweeter* – ein Kaffeehaus für Treffung", „*Testov* – meistens Kuchen, es gib aber auch normale Küche", in der „*Pivo-Bar* gibt es Bier und Essen zum Bier", und ins „*Plastilonovaja Vorona* (auf Deutsch: Plastilin-Krähe) hineinkommt man nur mit Passwort".

An diesen Charkiwer Frühling muss man sich erst einmal gewöhnen. Überall schießen einem die roten Tulpenbeete und die gelben Ginsterbüsche entgegen, überfällt den unbedarften Passanten die Blütenpracht der Bäume, blitzen die kirchlichen Goldhauben im Sonnenschein, als führen sie mit Bomben und Granaten gleich in den Himmel hinauf. Allerdings verliert jetzt die Stadt auch ihren Schrecken und ich bin ein bisschen enttäuscht. Es ist mir schon zur lieben Angewohnheit geworden, am Nachmittag, wenn es bereits um halb vier dunkel wird, mit eingezogenem Kopf und leichter Gänsehaut die Strecke von der Metro-Station bis zu meiner Wohnung im Laufschritt zu absolvieren. Manchmal hörte ich Tritte und Keuchen direkt hinter mir. Wahrscheinlich bin ich das selbst, aber dieser Nervenkitzel wird mir fehlen. Jetzt ist alles hell bis spät in die Nacht, ein fröhliches Getriebe überall, schlafen geht man nicht mehr. In der Metro findet man wieder Sitzplätze, weil die abgewetzten, dick wattierten Wintermäntel verschwunden sind und keinen Platz mehr beanspruchen. Stattdessen spaziert ein Ziehharmonika-Spieler den Gang auf und ab, klimpert auf der Tastatur und bekommt dafür Blechmünzen in den Plastiksack geworfen, welcher am Instrument befestigt ist und im Takt mitschwingt. Ich könnte ja ein paar Romanseiten von Zhadan lesen, damit ich es wieder ein bisschen mit der Angst zu tun bekomme. Das fördert auch die Integration in die Gesellschaft. Die Furchtsamkeit ist ein sorgsam gehütetes ukrainisches Brauchtum, das lässt man sich nicht so ohne weiteres nehmen. Furchtsam sein wird vererbt und gelehrt, man fürchtet sich vor irgendetwas, man hat Angst, man hat Angst vor der Angst und man hat möglicherweise auch Angst davor, keine

Angst mehr zu haben. Genüsslich erklärt man den Fremden, wie gefährlich alles ist. Auf die Frage, wovor man sich denn nun konkret fürchten soll, werden der Autoverkehr, das Wetter, die Menschen, die Schlaglöcher, der Griwna und das Essen angeführt. Dinge, vor denen man sich wirklich fürchten sollte, wenn man sich schon unbedingt fürchten will, wie zum Beispiel die zahlreichen einsturzgefährdeten Treppenhäuser, die tonnenschweren Flügeltüren in der Metro und die zu mörderischen Krallen ausgeformten künstlichen Fingernägel der Frauen, werden offensichtlich als absolut harmlos empfunden.

Sigmund

Um mir ein bisschen Angst zu machen, blättere ich in meinem Tagebuch und lese eine Notiz, die ich am Tag meiner Ankunft eingetragen habe. Das Ehepaar Nikolay und Natascha Tkachuk holt mich vom Flughafen ab. Er hält eine Tafel mit meinem Namen in die Höhe, damit ihn alle Passagiere gut lesen können, sie schmatzt mir drei Begrüßungsküsse auf die Wangen. Dann fahren wir quer durch die Stadt an den Stadtrand nach *Holodna Gora,* den „Kalten Hügel“ hinauf, den man schon in den Sowjetzeiten für eine enorme Plattenbausiedlung sehr geeignet hielt. Die Familie Tkachuk vermietet ein Zweizimmer-Appartment im sechsten Stock eines siebenunddreißigstöckigen Wohnturmes mit Blick auf weitere Wohntürme desselben Ausmaßes. Es ist die Studentenwohnung der einzigen Tochter, die nun in Polen studiert, das Ehepaar selbst wohnt in einem weiter entfernten Vorort in einem schmucken Häuschen mit Garten. Hier, im Hochhaus-Stiegenhaus, bröckeln die Stufen, das Deckengewölbe neigt sich dem Erdboden zu, die metallenen Türen zu den Wohnungen sind mit mehreren Sicherheitsschlössern ausgestattet. Nikolay Tkachuk ist Professor am Institut für Informatik und rührend besorgt. Er gibt mir bereitwillig und ausführlich die Anweisungen zum Angstkriegen. „Gehen Sie nicht auf die Straße, wenn es dunkel ist. Kaufen Sie in den meisten Geschäften nichts ein, in der Metro müssen Sie sehr aufpassen, bitte immer den Wasserzulaufhahn abdrehen, wenn Sie die Wohnung verlassen, und den Schlüssel, bitte, immer dreimal umdrehen, und nicht vergessen, auch das Sicherheitsschloss versperren!“ Ich gehe daraufhin gleich einmal einkaufen, finde keine Butter (weil sie im Tiefkühlfach liegt, wo ich sie natürlich nicht suche), stattdessen erwerbe ich Topfen in mehreren Varianten und spaziere im Finsteren auf einem unbeleuchteten Weg nach Hause.

Am nächsten Tag läutet Nikolay pünktlich um neun Uhr fünfzehn wie tags zuvor ausgemacht und zeigt mir den Weg zur Universität. Wir gehen durch einen kleinen Park, an Blechbuden entlang, in welchen Frauen durch winzige Fenster all das verkaufen, was man so zum Leben braucht: Feuerzeuge, Orangen, Unterhosen, Nagellack und Topfen in vielen Variationen. Nikolay weist mich auf ein Geldinstitut hin, ersucht mich eindringlich um Vorsicht („Benützen Sie bitte nur dieses, das ist das einzig sichere!“), und führt mich anschließend zur Universität, einem imposanten Gebäudekomplex in Backsteingotik, aufgelockert mit sozialistischen Wolkenkratzern und blankgefegten Alleen. Dann verlässt mich mein Mentor und ich irre völlig allein und verlassen durch das Gelände, gehe zur Metro zurück, steige die Treppe hinunter und gehe schlussendlich ganz verloren. Ich finde den Eingang nicht und später auch nicht mehr den Ausgang, weiß nicht, in welche Richtung ich mich wenden soll. Dann, wie durch ein Wunder, finde ich die Bank (die einzig Sichere) und will Geld wechseln. Es ist aber gerade Mittagspause und deshalb geschlossen. Ich weiß nicht, wie es passiert ist, aber irgendwann stehe ich wieder vor der Eingangstür meines Plattenbaues. Ich entdecke quer über die Straße einen Schönheitssalon (einen von hunderttausend in dieser Stadt), und trotz der inständigen Warnungen von Frau Tkachuk („Lassen Sie keine Maniküre machen, auf keinen Fall Pediküre, auch nicht zum Friseur gehen!") vereinbare ich einen Termin für morgen.

Um vierzehn Uhr treffe ich mich mit Elena im Sekretariat des Institutes, dem ich nun angehöre, und sie begleitet mich in den Klassenraum zum ersten Unterricht. Neun Studentinnen und drei Studenten sitzen auf Schulbänken in einem Raum, der mir vom Ende der Zarenzeit einen sehr anschaulichen Eindruck verschafft. Ich schreibe auf die große schwarze Tafel mit Kreide „Grüß Gott" und meinen Namen. Den klitschnassen und schlecht riechenden Stofffetzen, der zum Abwischen der Tafel gedacht ist, nehme ich zwischen Zeigefinger und Daumen und suche einen Mistkübel, finde aber keinen. Ich merke, dass ich intensiv beobachtet werde, deshalb krame ich schnell meinen Eisbrecher heraus und beginne mit dem Unterricht. Um sich beliebt zu machen, sollte man immer ein paar Eisbrecher griffbereit in der Handtasche mitführen. Nach zwei Minuten bin ich bereits sehr beliebt, der Eisbrecher fliegt durchs Klassenzimmer – es ist ein kleiner Gummiball – und wir spielen Ballwerfen, Ballfangen und Ball vom Boden aufklauben. Nach zehn Minuten studentischen Gegluckses weiß ich alle Namen: Serhij, Olena, Elena, Lena, Wowa, Sascha, Nastja, Olga, Olja und Nailia. Wir sind allerdings auf der Uni und nicht im Kindergarten.

Elena schreibt mir eine Nachricht über Whatsapp, in welcher sie mir den Namen des österreichischen Helden in Charkiw mitteilt. Es handelt sich um Sigmund von Herberstein. Sofort recherchiere ich im Internet und erfahre, dass dieser Mann einen Reiseführer über Kleinrussland – wie die Ukraine früher genannt wurde – geschrieben hat. Dieses Buch wurde ein voller Erfolg. Selbst die Einwohner fühlten sich treffend beschrieben, trotz einiger beleidigender Passagen. Diese Story ist nun schon über fünfhundert Jahre alt und offenbar brauchbar für eine zeitgenössische Operndichtung. Mit Zhadan selbst habe ich ein Problem bezüglich der Schreibweise seines Namens. Schreibe ich es so, wie man es ausspricht, müsste ich Schadan schreiben. Spreche ich es so aus, wie man es schreibt, dann müsste ich Tzadan sagen. Das alles liegt daran, dass es im kyrillischen Alphabet einen Buchstaben gibt, den es im deutschen Alphabet nicht gibt. Dieser schaut aus wie ein auf den Rücken gefallener sechsbeiniger Käfer, der sich tot stellt oder bereits tot ist. Jedenfalls ist es ein Sch, das man nicht lautlos zischt, wie in der deutschen Sprache, sondern ein Sch, bei dem die Zunge vor lauter Stimmhaftigkeit oben am Gaumen summt wie ein wild gewordener Bienenschwarm und mit dem so erzeugten Ton die Nasenspitze bis zum Totlachen kitzelt. Dieses gesummte Sch, dieses wehrlose Insekt, verbunden mit einem weiteren Zischlaut, ähnlich dem Geräusch eines Dampfbügeleisens beim Dampfablassen, macht einen Großteil der Erotik der russischen Sprache aus.

Obwohl es mir bereits etwas albern vorkommt, die Stadt mit der menschlichen Anatomie zu vergleichen, geht mir die Analogie der Kopf- und Körperbehaarung mit dem städtischen Rasen-, Wiesen- und Baumbewuchs nicht aus dem Kopf. In den Gärten und Parkanlagen sprießt die Vegetation an einigen Stellen wie wild, an anderen

Örtlichkeiten wiederum ist das Buschwerk sorgfältig geschnitten und frisiert. An manchen Stellen gibt es auch glatzköpfige Parkareale, auf denen bloß ein paar verdorrte Sträucher öde im Wind flattern. Der *Gorki-Park* ist hohe Coiffeur-Kunst, welche die ganze Stadt und besonders den Herrn Bürgermeister ganz persönlich begeistert. Dieser Park ist sein Meisterwerk und dieser Park ist wirklich nicht ganz ohne. Ich treffe die fromme Natalja und die sprudelfrische Sascha beim großen Eingangstor, die Sonne scheint, das Gras ist gemäht, die Hecken manikürt, die Wege gekehrt, die Karussells und das Riesenrad drehen sich sanft, die Hochschaubahn quietscht oder möglicherweise sind es die Personen, die in den Wägelchen der Hochschaubahn sitzen. Wir mieten Rollschuhe und rollen durch den Park, umschiffen die Paare, die sich beim Fünf-Uhr-Tanz für Senioren in der sowjetischen Schlagerwelt wiegen und zugleich schwatzen. Ich überlege mir, ob die beiden geeignet wären, an meiner „*Mundstück*“-Recherche teilzunehmen.

Aleksandr

Am fünfundzwanzigsten Mai komme ich gegen Abend nach Hause und entdecke einen kleinen Zettel, der an meiner Wohnungstüre klebt. Auf diesem Zettel steht handschriftlich etwas, was ich nicht lesen kann, und selbst wenn ich es lesen könnte, würde ich es nicht verstehen, denn es ist Ukrainisch. Ich mache ein Foto mit dem Smartphone und schicke es Nikolay. Am nächsten Tag schreibt er mir zurück, dass es sich um eine Benachrichtigung der Wasserwerke handelt. Ab sofort gibt es kein warmes Wasser mehr. Ich sehe mich im Internet auf dem Charkiwer Wohnungsmarkt um und lande bei der Unterkunftsvermietungs-Plattform Airbnb, auf der eine Natalja ein renoviertes Appartment anbietet. Es liegt genau zwischen zwei Metro-Stationen in der Nähe des großen Freiheitsplatzes, laut Touristeninformation der größte Platz der Welt, laut Internet handelt es sich um den sechstgrößten Europas. Auf dem Platz selbst herrscht das vermutlich achtgrößte Verkehrs- und Parkplatzchaos der Welt. Die Wohnung ist eine ehemalige *Kommunalka*, wie mir Natalja erklärt. Das beeindruckt mich, denn *Kommunalkas* waren in der Sowjetzeit Quartiere, in denen mehrere Familien wohnten, die sich alle miteinander eine einzige

Küche und eine einzige Toilette teilten. Ich habe gehört, dass alle ehemaligen Sowjetvölker heute noch unter einem Toilettentrauma leiden. Vladimir Putin ist auch in einer *Kommunalka* aufgewachsen. Das Appartment ist tatsächlich recht hübsch aufgemöbelt, es besteht aus einem Zimmer mit Küche, Wohnraum, WC, Tisch, Sessel, Bett und Badewanne. Für die Badewanne gibt es zwar nicht genug warmes Wasser, aber zum Duschen reicht es. Nach der Besichtigung muss ich wieder durch das Stiegenhaus klettern, komme auf wundersame Weise heil an die Frischluft und wundere mich, dass Stiegenhäuser total kaputt ausschauen können, ohne dass eine Bombe eingeschlagen hat. Ich bedanke mich bei Natalja, die eine schöne Wohnung hat, welche man nur betreten sollte, wenn man atemberaubend waghalsige Stiegenhaus-Besteigungen liebt.

Meine Schlüsse, die ich ziehe, und meine Urteile, die ich fälle, sind schnell, falsch und ungerecht. Ich spotte über Menschen, die Angst haben, und die Strafe folgt auf den Fuß. Jetzt beginne auch ich mich zu fürchten, aus gutem Grund, wie ich meine, und zwar vor den *Babuschkas*. Die *Babuschkas* halten sich vornehmlich in Portierslogen, in Museumsaufsichtswärter-Sesseln, in Hausfluren, an Empfangsschreibtischen oder hinter Glasscheiben in Ämtern auf. Dort sitzen sie oder sind mit dem Kehren des Bodens beschäftigt. Man sollte ganz schnell an ihnen vorbeihuschen, vorsichtig und unauffällig, um nicht unnötigerweise ihre Aufmerksamkeit zu erregen. Wenn man besonderes Glück hat, sind sie ins Stricken vertieft oder in Gespräche mit einer zweiten *Babuschka*. Manchmal sehen sie nichts, weil sie bis zur Nasenspitze in ihre Kopftücher und Wintermantelkapuzen eingehüllt sind, und dann kann es hin und wieder vorkommen, dass sie friedlich schlummern, weil sie sich ja auch einmal ausruhen müssen. In dieser Stadt gibt es viele Häuser und viele Portierslogen. Die Portiersloge im Haus der Architektur beispielsweise und jene im Haus der Studenten, oder die Logen im Haus der Wissenschaften, im Haus der Lehrlinge und im Haus der Schauspieler. Im Haus der *Babuschkas* gibt es keine Portiersloge mit einer *Babuschka*, weil es kein Haus der *Babuschkas* gibt. Das würde ich, wenn ich etwas zu sagen hätte, natürlich sofort ändern. Allerdings gibt es eine zweite Hälfte dieser *Babuschka*-Geschichte. Sie handelt von den netten, den wirklich ganz unglaublich netten *Babuschkas*, und erst wenn man diese zweite Hälfte der Geschichte erzählt, ist es eine gute und wahre Geschichte. Meine liebste *Babuschka* sitzt im Wasserhäuschen unten im Hof und verkauft aus dem Tankzapfen Trinkwasser. Ich könnte das Wasser auch aus dem Wasser-Automaten holen, aber die Konversation mit dieser Wasserfrau ist mir die Kopeke wert, die ein Liter Wasser bei ihr mehr kostet. Sie fragt mich, woher ich komme und was ich mache, und ich erzähle ihr bereitwillig und wahrheitsgemäß, woher ich komme und was ich mache. Sie nickt freundlich und ich höre, wie sie der nächsten Kundin erzählt, dass ich aus Frankreich komme und ihr Neffe lebt auch dort.

Nastja schreibt mir, dass sie bereits zwei Museen gefunden hat, und ob das für eine gute Endnote reicht. Sie fragt mich, ob ich diese gute Endnote bereits jetzt an die Notenstelle der Universität schicken könnte. Da das Semester aber gerade erst angefangen hat und ich mich wundere, dass es nur zwei Museen in der ganzen Stadt geben soll, weil ich selbst schon mindestens sieben besucht habe, antworte ich vorsichtshalber einmal nicht. Ich lasse mir Zeit, ich warte noch auf ihr Angebot. Nastja weiß sicher so gut wie ich, dass man Noten gegebenenfalls auch kaufen kann. Da ich vom österreichischen Staat für meine Arbeit als Lektorin aber zufriedenstellend bezahlt werde, besteht kein Bedarf an einem Zusatzverdienst. Wie ich gehört habe, trifft dies auf die heimische Professorenschaft nicht zu, was den Notenhandel natürlich enorm befördert. Von den anderen Reiseführerprojekt-Studenten höre ich nichts, ich wiege mich im guten Glauben, dies bedeutet, dass sie eifrig am Studieren und Recherchieren sind.

Den ganzen nächsten Tag bin ich auf der Suche nach einem Haarföhn. Gefunden habe ich keinen, dafür pulverisierten Zichorien-Kaffee, der sich zu Hause als Instant-Ginseng-Tee herausstellt. Das verdanke ich der kyrillischen Schreibschrift in Verbindung mit der einzigen Amtssprache der Ukraine, dem Ukrainischen. Diese Verknüpfung beherrsche ich nicht ausreichend. Ich kann nicht kaufen, nach dem, was draufsteht, weil ich es nicht lesen kann. Ich muss es auf Verdacht hin kaufen. So kaufe ich Butter, weil ich das Wort *maslo* lesen und sogar übersetzen kann, aber zu Hause bemerke ich, dass ich das Wort *schokoladnoe* übersehen habe. Ich mag keine Schokoladenbutter, und zur Strafe muss sie in meinem Tiefkühlfach weiterfrieren. Wenn ich nichts Besseres zu tun habe, rätsle ich über die Menschen, die ich auf der Straße sehe. Ist das betagte Pärchen auf der Parkbank, das Händchen hält und sich küsst, ein Ehepaar? Wie viel Geld ist am Abend in der Schachtel neben dem Hocker, auf welchem eine winzig kleine *Babuschka* von früh bis spät vor dem Metro-Eingang auf einer Ziehharmonika spielt, die fast so groß ist wie sie selbst? Was palavert der vierschrötige Typ mit dem grünen T-Shirt und der Bürstenfrisur vor seinem Trödelstand schon seit Stunden in sein Handy? Warum kichern die zwei Teenies mit blau und grün gefärbten Haaren, die auf der Straßeninsel im Gras liegen? Was macht die über einen Müllcontainer gebeugte Frau in Jogging-Hose und Anorak? Wirft sie etwas hinein oder holt sie etwas heraus? Zumindest dieses eine Rätsel ist schnell gelöst. Sie verlässt den Ort mit vier prall gefüllten Plastiksäcken.

Ich gehe auf der *Yaroslava-Mudrogo-Straße*, meine Lieblingsstraße, benannt nach dem Großfürsten Jaroslaw, dem Weisen, der aus dem skandinavischen Norden bis nach Kiew gewandert ist und dort die Ukraine gegründet hat, wie man sich erzählt. Möglicherweise stammen viele heutige Ukrainer direkt von ihm ab, weil sich sonst die zahlreichen hellhäutigen und blond-roten Geschöpfe, die hier herumspazieren, nicht erklären ließen. Was für Leute die Kosaken waren, kann man sich anhand eines sehr schrecklichen und sehr berühmten Bildes des in der Ukraine geborenen Malers Ilja Repin gut vorstellen. Auf diesem Bild sitzt vorne ein Haufen potthässlicher Männer, berühmt-berüchtigt geworden als die „Saporoscher Kosaken“. Sie sitzen um einen Tisch, grölen und fuchteln wild herum, saufen und stinken auch vermutlich, und einer von ihnen, den seine Kumpanen offenbar dazu verdonnert haben, halbwegs nüchtern zu bleiben, schreibt einen Brief. Diesen Brief wollen sie, so erzählt man den Hergang, dem türkischen Sultan schicken, und was sie schreiben, ist ganz genau bekannt, wird aber unter zivilisierten Menschen in dieser Form nicht kommuniziert. Zu Gunsten der Kosaken muss man sagen, dass auch höflichere Worte den Sultan nicht milder gestimmt hätten. Aber erst durch das unsagbar niveaulose Benehmen der Kosakenschar wurde dieser Brief zu einer bemerkenswerten historischen Begebenheit, die für die Unabhängigkeit der Ukraine von nicht zu unterschätzender Bedeutung ist. So bedeutend, dass der russische Zar das Bild um einen horrenden Preis dem Maler abkaufte, der vorausschauend gleich mehrere Versionen davon gemalt hatte. Eine davon hängt im Kunstmuseum in Charkiw, eine andere im Russischen Museum in St. Petersburg, was zusammengenommen eine vielsagende Fußnote der russisch-ukrainischen Geschichte darstellt.

Erst die Friedhöfe machen eine Stadt zu einer welttouristischen Attraktion. Für Charkiw gilt dies natürlich auch. Ich wollte Stanislav für die Ausarbeitung der Friedhofskultur gewinnen, er hat es aber leider abgelehnt. Er möchte nicht wissen, wie viele Friedhöfe es in seiner Stadt gibt, und schon gar nicht, wo sie sich befinden. Gut, dann nehme ich diese Sache selbst in die Hand. Stani wird sich stattdessen mit den Denkmälern beschäftigen müssen. Der erste Friedhof, den ich entdecke, ist der Friedhof Nummer zwei, er liegt fast mitten in der Stadt und beherbergt außer Grabsteinen wunderschöne Vegetation, Ruhe und Erholung. Der Friedhof Nummer dreiundzwanzig liegt am „Kalten Hügel“ und bietet ein höchst eindrucksvolles Panorama auf die Stadt.

Aleksandr ist ein kleiner Mann mit rund hundertfünfzig Kilo Körpergewicht und einem quadratischen Teiggesicht. Er schlägt mir vor, mich zur Metro-Station *Derschprom* zu begleiten. Er ist der Organisator eines Deutschen Sprachklubs und hat mich, als Muttersprachlerin und somit attraktives Vorzeigestück, zum Klubtreffen eingeladen. Jeden Sonntag von zwölf bis vierzehn Uhr findet in einem Nebenraum der Stadtteil-Bibliothek in der *Danilevskaja Nr. 34* eine kostenlose Kommunikationsrunde zur Pflege der deutschen Sprache statt. Regelmäßig erscheinen zahlreiche Interessierte zu dieser Art Heiligen Deutschen Messe, um etwaige vorhandene Deutschkenntnisse auszuprobieren und nach Möglichkeit auch zu erweitern und zu verbessern. Aleksandr und sein Freund Volodymyr lenken mehr oder weniger behutsam die Gespräche in die von ihnen gewünschte Richtung. Volodymyr spricht ein fast fehlerfreies ZDF-Moderatorendeutsch mit lässig eingeworfenen, manchmal absolut nicht fernsehtauglichen Kraftausdrücken, Aleksandrs Deutsch ist hingegen etwas nobler und mit sehr phantasievollen Eigen-Kreationen geschmückt. Nach einer kurzen Eingewöhnungszeit verstehe ich fast die Hälfte. Sofern ich diese Hälfte richtig verstanden habe, war sein Vater als sowjetischer Offizier bei einer Panzerbrigade in der DDR stationiert und Aleksandr hat als Kind dort viel Zeit verbracht. Daher stammt seine Liebe zur deutschen Sprache. Zwischen den Silben höre ich heraus, dass er, die Lage der heutigen Ukraine betrachtend, von einer Verschwörung des Weißen Hauses überzeugt ist. Die USA sei dabei, die Ukraine gezielt zu zerstören, zu welchem Zweck genau hat er auch gesagt, aber das habe ich leider nicht verstanden. Das war vermutlich die andere Hälfte der Geschichte. Ich nicke verständnisvoll und interessiert.

Olga

Die brennendste Frage dieser Stadt wird der Einwohnerschaft an den Kassen der Supermärkte gestellt und kann kurz und bündig entweder mit *da* oder mit *njet* beantwortet werden. Sie lautet im Original *„paketi nuzhen?“*, womit sich die Kassiererin erkundigt, ob die Kundschaft eine Tragetasche aus Plastik zum Transportieren der eingekauften Waren benötigt. Da diese Plastiksackerln, in welcher Anzahl auch immer, stets gratis sind, benötigen immer alle Kunden eines oder mehrere. Ohne diese Frage beantwortet zu haben, kann man kein Geschäft verlassen. Sie beschäftigt die gesamte Nation, die zu einem Teil aus Kosaken besteht, zum anderen Teil von den Wikingern abstammt, der Rest besitzt Tatarenblut, dies stellt man anhand der vielen wunderschönen Frauen fest, die mit langen Haaren, langen Beinen und hohen Backenknochen durch die Straßen staksen.

Wenn du im September nach Charkiw kommst, kannst du noch mit ein paar schönen, warmen Gnadentagen rechnen, aber Anfang Oktober, wenn die ersten *Babuschkas* mit karierten Kittelschürzen und Besen aus ihren Portierslogen ausrücken und auf den Straßen und Gehwegen alles wegkehren, was ihnen der Wind vor die Füße weht, dann fährst du bereits ungebremst auf eine Zeit zu, auf die du dich sorgfältig vorbereiten solltest. Am besten du gehst zum *Barabaschowa-Markt*, weil du den angeblich größten Markt Europas oder zumindest von Osteuropa einmal gesehen haben musst. Vergiss nicht, zwei dicke Daunenmäntel mit Kapuzen zu kaufen, du wirst sie alle beide, und zwar gleichzeitig getragen, brauchen, zwei Paar Handschuhe, die du auch übereinander anziehen wirst, eine Sturmhaube und Stiefel mit turmhohen Plateausohlen für die Wasserpfützen, die so dick gefüttert sind, dass du schon beim Anprobieren ins Schwitzen gerätst. Denn so und nur so wird die Zeit in dieser Stadt, in der es schon um halb vier am Nachmittag dunkel wird und um halb neun am Morgen noch nicht hell, eine schöne, eine glanzvolle, eine herrliche, eine wundervolle Zeit werden.

Selbstverständlich braucht eine Millionenstadt eine geregelte und eine funktionierende Verwaltung. Steuerbehörden, Ausländer-Registraturstellen, Passämter und vor allem die darin werkenden Beamten versuchen so etwas wie Ordnung in eine Gesellschaft zu bringen, die von Mutter Natur mit einem deutlichen, aber durchaus sympathischen Hang zum kreativen Chaos ausgestattet wurde. Der Gang auf eine Behörde lässt sich am besten mit dem Zähneputzen vergleichen. Die Prozedur ist langweilig und lästig, aber man hat ein Ziel vor Augen. Das sind saubere, gesunde Zähne. Auf einem Amt ist das Ziel meist ein dringend benötigtes Dokument. Bei der Arbeits- und Aufenthaltsbewilligungsbehörde für Ausländer in der pittoresken Altstadtstraße *Rumarskaya* ist das angestrebte Ziel ein Dokument namens *Poswidka*, ein Ausweis, den man unbedingt braucht, um sich länger als neunzig Tage legal im Land aufhalten zu können. Auf alle Fälle ist es von großem Vorteil, jemanden an der Hand zu haben, der hilft, die Zahnbürste zu halten, den Wasserhahn aufzudrehen und die Zahnpasta-Tube aufzuschrauben. So einem willigen Helfer verdankt man letztendlich den Erfolg, die Adresse des zuständigen Finanzamts ausfindig zu machen, um dort eine Steuernummer zu beantragen. Diese benötigt man wiederum, um ein Bankkonto eröffnen zu können, welches man braucht, um einen Arbeitsvertrag mit der Universität abzuschließen. Dieser Arbeitsvertrag ist eine unbedingte Voraussetzung, um das Arbeitsvisum zu bekommen, welches wiederum unbedingte Voraussetzung ist, um eine Arbeitsbewilligung zu erhalten. Erst mit dieser Arbeitsbewilligung erlangt man das Anrecht auf eine Mietbestätigung, welcher man aber zwingend bedarf, um letztendlich diese verflixte *Poswidka* zu kriegen. Für die Vollständigkeit der Aufzählung aller aufzusuchenden Ämter bürge ich hier aber nicht. Manchmal läuft es nicht ganz so ideal linear wie soeben dargestellt, dann heißt es zurück an den Anfang, oder man beginnt im Kreis zu fahren, wenn plötzlich der Arbeitsvisum-Beamte behauptet, ohne Arbeitsbewilligung bekäme man kein Arbeitsvisum und der Arbeitsbewilligungs-Beamte aber keine Arbeitsbewilligung ohne Arbeitsvisum ausstellen kann. Vom Institut für Interkulturelle Kommunikation und Fremdsprachen, an dem ich arbeite, wird mir ein guter Engel beigestellt, es ist meine liebe Kollegin Elena, und später werden auch noch Serhij, Sascha, Natalja und Olga aus der Abteilung für Internationale Angelegenheiten eingeschaltet, um mich zu unterstützen. Niemand von all diesen tapferen Kollegen hat Erfahrung mit ukrainischen Behördengängen, aber sie bemühen sich sehr. Der ganze *Poswidka*-Beschaffungs-Prozess dauert ungefähr ein Jahr und sobald die Angelegenheit schließlich glücklich erledigt ist und ich das Papier freudestrahlend in Empfang nehmen kann, ist bereits das Ende des Studienjahres und die Zeit gekommen, die Prozedur der Auflösung, sprich die Abmeldung von sämtlichen Behörden und Ämtern, zu starten. Man hat mir dringend geraten, diese *Poswidka* vor meiner Ausreise wieder an die Ausstellungsbehörde zurückzubringen, sonst passiert etwas, was genau, weiß niemand. Zu diesem Zwecke mache ich mich auf meinen Wunsch hin alleine auf den Weg zur

Ausländerbehörde. Die Zurückgelassenen runzeln zwar besorgt die Stirn, aber ich versichere ihnen, dass ich die Challenge ganz locker alleine schaffe. Mit einer sportlichen Veranstaltung verglichen, verhält es sich so, als ob eine gelegentliche Freizeit-Schifahrerin an einer Weltmeisterschaft im Herren-Slalom teilnehmen würde. Das Unterstützungsgremium lässt mich misstrauisch, aber erleichtert ziehen. Ein Tag im Büro ist komfortabler als sieben Stunden in einem überfüllten Warteraum.

Es fängt wirklich gut an. Wie auf allen anständigen Ämtern der Welt gibt es auch hier, bei der staatlichen Hauptimmigrationsbehörde, einen Wartemarkendrucker. Ich ziehe gutgelaunt und frohgemut eine Nummer und suche nach einer Sitzgelegenheit. Es gibt aber keinen freien Sessel, denn auf den vorhandenen zehn Stühlen sitzen schon zwanzig Personen und weitere hundert Wartende stehen im Raum, treten sich auf die Füße und starren auf den Bildschirm, der die aufgerufenen Nummern anzeigt. Es ist heiß, ziemlich heiß sogar. Nach zweieinhalb Stunden frage ich eine Dame hinter dem Info-Schalter, wie lange es noch dauern würde, bis meine Nummer an der Reihe ist. Sie studiert ihren Bildschirm und berichtet mir dann, dass nur noch siebenundvierzig Personen vor mir sind. Das bedeutet eine Wartezeit von weiteren vier Stunden und ich entscheide mich, die Sache auf morgen früh zu verschieben. Das Amt öffnet um neun Uhr und ich beschließe gewitzt, bereits um acht Uhr da zu sein. Am nächsten Morgen bin ich schon um sieben Uhr fünfzehn da. Ich setze mich auf die Brüstung beim Treppenaufgang zum Eingang, der natürlich noch geschlossen ist, und weil die Marmorabdeckplatte in der Früh noch kalt ist, verwende ich die vorsorglich mitgebrachte Lektüre als Sitzpolster. Es ist ein Buch von Zhadan. Leider kann ich nicht zugleich drauf sitzen und es lesen. Ohne Lektüre langweile ich mich, bis es neun Uhr ist und das Amt die Pforte öffnet. Um sieben Uhr und fünfzehn Minuten bin ich in der Warteschlange an elfter Position. Das Warte-Prozedere läuft auch ohne Nummernausgabe unglaublich korrekt ab. Höflich fragt jeder neu Dazugekommene wer sein Vorgänger ist, merkt sich tunlichst diesen oder nimmt gleich Gesprächskontakt mit ihm auf. Die Person, die nach mir kommt, macht es genauso. Alles funktioniert fantastisch. Um neun Uhr wird geöffnet und in Sekundenschnelle sind nicht mehr nur elf Leute vor mir, sondern hundert, sie sind wie Heuschrecken aus dem Nichts aufgetaucht und fallen nun über den Warteraum her. Da ich weder auf Russisch noch auf Ukrainisch mich dermaßen aufregen kann, wie mir zumute ist, und die Aussicht auf einen ordnungsgemäßen Ablauf der Reihung so gut wie ausgeschlossen ist, drehe ich mich um und gehe wild stampfend nach Hause. Bei der ganzen Aufregung habe ich das Buch auf der Brüstung vergessen, das ist das Allerschlimmste an der ganzen Sache.

In meinem Tagebuch notiere ich die Begriffe *Wyschywanka* (die traditionell ukrainische, bestickte Bluse), *Mucha Tsokotucha* („Die Fliege Brumm" – der Titel eines russischen Märchens), *Sirniki* (Topfenbällchen), *Deruny* (Kartoffelpuffer), *Petschenije* (gebackene Kartoffel). Cedric hat mir gestern spät noch ein SMS geschickt, dass in der *Bar Moskwitsch* ein DJ aus Berlin auflegt. Ich lese die Nachricht aber erst heute. Am Nachmittag treffe ich Olga. Sie ist eine neue Olga, ich habe sie über Olga, eine Deutschlehrerin, kennengelernt, welche privat Deutsch unterrichtet und jedes Wochenende mit dem Autobus nach *Krasnograd* fährt, um dort den Garten der Eltern zu pflegen. Die Eltern leben allerdings nicht mehr. Die neue Olga ist Ärztin für Rheumatologie, sie stammt aus *Mariupul*, ist hübsch, jung und möchte unbedingt nach Deutschland ziehen, um dort zu arbeiten. Dazu muss sie ihre Deutschkenntnisse auf das erforderliche Niveau anheben, was ich sehr unterstütze. Als Gegenleistung geht sie mit mir die ganze *Poltavski Schljach* vom Berg hinunter ins Zentrum. Sie lockt mich abseits in eine winzige Seitenstraße mit lauter bis zur Hälfte und ganz zerfallenen Häuschen aus der Kulakenzeit. Schließlich zeigt sie auf die Mauer eines abbruchreifen Hauses, auf der sich eine riesige, märchenhaft schöne, gemalte Puppe befindet. Es ist das Bild einer *Motanka*, einer gestrickten, gestickten und in Tüchern eingewickelten ukrainischen Puppe. Olga erzählt mir, dass dieses Wandgemälde von einem französischen Künstler stammt. Ich glaube ihr das nicht, bis ich im Internet diesen Maler finde und zugeben muss, dass Olga die Wahrheit gesagt hat. Mit Olga könnte ich wahrscheinlich Pferde stehlen, aber es würde mir schon genügen, wenn sie mit mir das „*Mundstück*" suchen würde.

Anja und Olja

Anja ist ein Zwilling von Olja, nur wenige Minuten älter. Beide haben an der Technischen Universität in Charkiw Maschinenbau studiert, beide arbeiten nun in der Traktorenfabrik als Maschinenbau-Ingenieurinnen. Sie sind verheiratet mit Männern, die ein gemeinsames Hobby haben: Ritterspiele. Anja und Olja sind begeisterte Ritterfräuleins und nähen abends, nach der Arbeit in der Fabrik, händisch die textile Ausrüstung für ihre schwertkämpfenden Ritter, basteln die Rüstungen und geben ihr letztes Geld aus für Ritterfräuleinkostüme, in denen sie ihre Männer zu Turnierspielen begleiten. Ein weiteres Hobby von Aljoscha, Anjas Ehemann, ist Motorradfahren. Mit seinen Kumpels, die sich ebenfalls für Motorräder interessieren, hat er am Rande der Stadt eine Garage in einer Garagensiedlung gemietet, in deren Untergrund sich eine von allen Behörden und Aufsichtsorganen verborgene, illegale Kellerbar mit Aufenthaltsräumen für nächtlich gestrandete Motorradkumpels befindet. In diese Garage lädt mich Anja ein, weil ich ihr erzählt habe, dass ich mich für Garagensiedlungen und illegale Kellerbars interessiere. Nun ist der geeignete Zeitpunkt gekommen, Anja zu fragen, ob sie jemanden kennt, der mir für einen Monat ein Fahrrad leihen könnte. Ich möchte die Stadt per Fahrrad erkunden, da mir die Füße vom Wandern über Stock und Stein schon ziemlich wehtun. Und tatsächlich – der Mann ihrer Schwester Olja hat einen Schwager, der ein Fahrrad besitzt, welches er verleihen würde. Er müsste nur eine Kleinigkeit reparieren, dann wäre es fahrbereit, und am nächsten Sonntag soll ich es holen kommen. Andrej, der Schwager, schlägt die monatliche Leihgebühr von tausend Griwna vor. Ich bin so begeistert, dass ich sofort mit allem einverstanden bin. Die Summe von umgerechnet ungefähr dreißig Euro kommt mir in diesem freudigen Moment lächerlich klein vor.

Die letzten zwei Nächte habe ich bei *Tschitschikof* verbracht. *Tschitschikof* ist ein ziemlicher Scheißkerl. Seit zwei Wochen habe ich kein warmes Wasser mehr in meiner Wohnung und weil es in Zukunft auch keines mehr geben wird, habe ich in einem Hotel ein Zimmer gebucht. Das Hotel kann ich empfehlen, es hat vier Sterne und ist nach einem Mann benannt, der im Roman „Die toten Seelen" von Nikolay Gogol tote Seelen verkauft. Dieser Mann heißt Pawel Iwanowitsch Tschitschikof und das nach ihm benannte *Hotel Tschitschikof* liegt ruhig und recht hübsch in der *Gogolja-Straße* Nummer sechs. Direkt gegenüber befindet sich im Souterrain die Bar *Punch*, drei Schritte weiter die

Bar *Abajour*, gleich daneben der Club *Moskvich*, auf der anderen Seite der Straße die Lounge *Dim* und anschließend die *Schaman-Bar*. Auf dem Weg dorthin stolpert man über das Opernhaus, das Philharmonie-Gebäude, das Theater *Puschkin* und auch über das *Schewtschenko*-Theater. Diesem Theater hat man eine Namensänderung erlassen, obwohl Taras Schewtschenko sein Tagebuch auf Russisch führte. Er ist der berühmteste Nationaldichter der Ukraine. Nach ihm sind landesweit über achthundert Straßen und dreihundertfünfzig Orte benannt, ihm sind tausenddreihundertvierundachtzig Denkmäler, davon tausendzweihundertsechsundfünfzig allein in der Ukraine, gewidmet. Ich bin froh, dass sich Stanislav für die Erforschung und Dokumentation aller Denkmäler der Stadt zur Verfügung gestellt hat. Vermutlich weiß er noch nicht, dass Charkiw die Stadt mit der größten Denkmal- und Gedenktafeldichte in der Ukraine, vielleicht sogar weltweit, ist.

Vom Hometrainer im Fitness-Center *Egoiste* im sechsten Stock einer Shopping-Mall beobachte ich, wie sich die *Puschkinska* mit der *Teatralni* kreuzt. Auf dem Zebrastreifen parken Autos, sie werden von einem Parkwächter sorgfältig zwischen den Streifen eingewiesen. Es ist schon dunkel, es regnet in Sprühform, von Zeit zu Zeit bläst eine Windböe alle Regenschirme von konkav auf konvex, einige Passanten sind mit Kapuzen gewappnet, die Mädchen tragen hochmütig Minirock mit Nylonstrümpfen. Ich trete wild in die Pedale, auf dem Computer-Display vor mir liegt ein Buch, welches mich über die öde Treterei hinwegtrösten soll. Das Buch ist wieder von Serhij Zhadan, ich lese alle seine Bücher. Er schreibt über die Erfindung des Jazz im *Donbass* und die Angst der Menschen in der Ukraine. Ich höre seine Figuren sprechen, alle schwatzen durcheinander und um mich herum schwatzt man auch, keucht am Laufband, stöhnt laut beim Training mit den Hanteln und die tätowierten Trainer feuern mit „*Dawajte, dawajte*“ an und zählen „ras, dwa, tri“ den Rhythmus.

Sergej hat es nicht leicht, sein Forschungsgebiet sind Sommersprossen. Fast das gesamte Gastronomiewesen verhält sich wie die temporären Pigmentflecken auf der Haut. Kaum rekelt und streckt die Stadt im Frühjahr ihr Gesicht der Sonne entgegen, sprießen *Butterbrodajas* (Sandwich-Shops), die *Stalowajas* (Kantinen), die *Konditerskajas* (Konditoreien), die *Bufets* (Selbstbedienungsrestaurants), die *Pirogerajas* (Pirogen-Laden), die *Pelmenerijas* (Pelmeni-Laden), die *Coffee-Shops* (modern), die *Cafés* (konservativ) und *Anti-Cafés* (originell) zwischen den Asphaltritzen und aus den Pflastersteinen hervor und breiten sich an der frischen Luft aus. Dort verbringen sie mit bunten Sonnenschirmen und hübschen Dekorationen den Sommer und verschwinden erst wieder, wenn die Sonne dünner und dünner wird und zum Schluss nur mehr der glatte Boden zu sehen ist, auf dem die Regenpfützen gefrieren. In diesen Zeiten, die der Finsternis entgegengehen, muss man die Treppen hinuntersteigen in die Untergeschoße. Wenn das Leben oben zu Ende ist, geht es unten in Saus und Braus weiter. Käsespezialitäten, Tätowier-Studios, Sprach-Institute, Schischa-Bars, Luxuskleider, Lounges und Nachtclubs. Wenn ich nicht hinunter will, fahre ich hinauf in den zehnten Stock vom *Derschprom.* Auf dieses Gebäude ist die heimische Touristikbehörde besonders stolz, weil es das Wahrzeichen dieser Stadt ist und weil es ein enorm großes, konstruktivistisches Wunderwerk ist, welches in jedem Atlas der Welt-Architektur abgebildet ist. Als man diesen *Derschprom*-Komplex einmal wegsprengen wollte (es sollen Deutsche gewesen sein, die das vorhatten), stand das Gebäude auch noch nach unzähligen Sprengversuchen unversehrt und unbeirrt auf seinem Platz, und Stalin schickte begeistert Gratulationsgeschenke und Dankdiplome, die man heute im Lift bewundern kann. Dieser ist schon etwas morsch, ebenso die Liftfrau, welche die Aufzugsknöpfe bedient und die Kabine wie eine gemütliche Stube möbliert hat. Ein abgewetzter Fauteuil steht in der Ecke, darüber ein orthodoxer Herrgott im Winkel, dem in den heißen Sommermonaten mit einem Ventilator Kühlung zugefächelt wird. Vom letzten Stock aus kann man einen Blick auf den Freiheitsplatz und auf eine Blondine werfen, die mit ihren Lippen mehr Aufmerksamkeit auf sich zieht als das völlig normale Verkehrschaos am größten beziehungsweise achtgrößten Platz der Welt, wahrscheinlich aber von Osteuropa.

Anja steht an einem der Ausgänge der Metro-Station *Gagarina*, dort wartet sie auf mich. Ich weiß noch nicht, an welchem der sieben Ausgänge sie wartet, deshalb versuche ich es mit dem Ausgang Südost, ich stapfe hinauf, dort ist sie nicht. Ich stapfe wieder hinunter, am Ausgang Südsüdost auch nicht, Nord nicht, Südwest nicht, ich kaufe mir beim Ausgang Süd ein *Piroschki* mit Krautfüllung, bin schon fast wieder glücklich und finde zu meinem vollendeten Glück Anja oben auf der Straße. Wir gehen gemeinsam wieder runter und fahren zur Metro-Station *Akademika Pavlova*. Von dort marschieren wir drei Kilometer zu Fuß zur Garagensiedlung. Dann spazieren wir noch fast ebenso lang durch die endlose Garagensiedlung. In einer Millionenstadt wie Charkiw gibt es nicht nur Millionen Menschen und Millionen Denkmäler, sondern auch mindestens genauso viele

Garagen. Sie stammen vom Anfang der Plattenbauzeit. Der sozialistische Grundgedanke war, jedem Plattenbaubewohner, ob er nun einen *Moskwitsch* oder einen *Wolga* besaß oder nicht, eine Garage zur Verfügung zu stellen, in der er unter der Kontrolle von Millionen Garagennachbarn seine Freizeit verbringen konnte. Wenn es gelang, unbemerkt das darunter liegende Erdreich für inoffizielle Klubräume, Trainingslager oder private Bars auszuhöhlen, war man ein gemachter Mann. Und wenn man schon die Metro als den Darm der Stadt bezeichnet und die Kirchen als Fingernägel, dann bieten sich zu einem überzeugenden Vergleich die Garagen als die Zehennägel an. Analog zu diesen gibt es jede Menge ungepflegter Garagen und Garagentore mit Schwielen, Schrunden und Beulen. Andererseits sieht man aber auch liebevoll gepflegte, frisch lackierte und gestylte Gebilde, manche nur leicht vernachlässigt, aber immerhin mit häuslichem Charme oder intellektuell mit in russischer Sprache verfassten, typisch ukrainischen Sinnsprüchen wie „Sprich wenig, und wenn dann leise, und geh rasch wieder" verziert.

Andrej kniet vor dem Fahrrad, welches er mir verleihen wird, schraubt ganz intensiv daran herum und sagt, dass es spätestens in einer halben Stunde fahrbereit ist. In dieser halben Stunde erzählt mir

Anja von ihrer Großmutter, deren Mann in Sibirien verloren gegangen ist. Sie verwendet tatsächlich das deutsche Wort „verloren“, das rührt mich. Auf Russisch heißt verloren auch verirrt oder verschwunden. Vielleicht sagt und meint man auf Russisch wirklich verloren, wenn jemand einfach so verschwindet. Die Großmutter hat nach dem Verlorengehen ihres Mannes alleine fünf kleine Kinder in einem Häuschen in Charkiw aufgezogen. In diesem Häuschen lebt nun Anja, ihr Enkelkind, mit ihrem Mann und ihren Kindern. Dann ist das Rad fertig repariert, ich fahre los, die ganze lange *Akademika-Pavlova-Straße* in Richtung Stadtzentrum entlang, glücklich und schwerelos schwebe ich hügelab, nach zehn Minuten reißt das rechte Bremsseil vorne und es bleibt mir nur mehr die linke Handbremse, deren Tatkraft nicht sehr vertrauenserweckend ist. Ich muss auf den nächsten Hügel wieder hinauf, da brauche ich aber sowieso keine Bremse, ich strample weiter, die Gangschaltung hat nun auch ihren konstruktionsbedingt beschränkten Geist ganz aufgegeben. Dann schleppe ich liebevoll das Fahrrad in meine Wohnung in den sechsten Stock, der Lift ist zu klein, um das Fahrrad und mich gemeinsam zu transportieren. In meiner Kemenate angekommen, fällt der Sattel vom Gestänge. Ich suche im Internet nach Fahrrad-Reparaturwerkstätten in meiner Nähe.

Stanislav

Wenn es Vera langweilig ist, ruft sie mich an oder schreibt mir, ob wir uns treffen können. Ich schlage ihr vor, ins Haus der *Musikalni komedi* zu gehen, am Programm steht der „Zigeunerbaron". Vera sagt zu, weil sie nicht ahnt, was sie erwartet, ich hingegen habe bereits Erfahrungen mit österreich-ungarischen Operetten auf Ukrainisch. Vera findet erstaunlicherweise gar nichts Außergewöhnliches an dieser Operetteninszenierung, später erzählt sie mir, dass es ihre erste Operette gewesen sei. Bereitwillig begleitet sie mich am nächsten Tag ins Puppentheater *Teatr Kukol* in einem ehemaligen prächtigen Jugendstil-Bankenpalais am *Maidan Konstitutii*. Es spielt ein Stück für Kinder ab vier Jahren. Es ist wie geschaffen für uns und unser Sprachniveau. Inmitten aufgeregter Mütter, Väter, Omas und Opas, die um die fröhlich lärmende Kinderschar herumwuseln, finden wir das Stück und die Szenerie entzückend. Und, um ja nichts zu versäumen was die Stadt so bietet, gehen wir schon tags darauf ins *Kino Bommer*, das älteste noch bestehende Kino der Stadt, errichtet im Jahre 1912. Zar Nikolai der Zweite sitzt in der ersten Reihe im roten, schon etwas abgescheuerten Plüschsessel, und weil der Kinosaal in einem unglaublich desaströsen Zustand ist, und wir es nicht fassen können, dass man dieses Gebäude überhaupt noch betreten darf, bekommen wir einen hysterischen Lachanfall. Der Film ist grandios.

Links von mir sitzt Serhij Zhadan, etwa drei Meter entfernt. Er hat einen Laptop auf den Knien und tippt. Vor ein paar Wochen habe ich ihm wieder einmal ein E-Mail geschrieben. „Lieber Herr Zhadan, ich bin jetzt hier in Charkiw, ich würde Sie gerne kennenlernen. Hätten Sie einmal Zeit für ein Treffen? Ich interessiere mich sehr für die ukrainische Literatur und für ukrainische Schriftsteller. Mit freundlichen Grüßen“. Ich habe dann erfahren, dass Zhadan auf E-Mails nicht antwortet, die einzige Chance, ihn zu erreichen, sei über Facebook. Vielleicht ist er jetzt gerade auf Facebook. Ich habe keinen Facebook-Account. Ich öffne den Mund, klappe ihn wieder zu, wieder auf, wie ein Fisch. Bis er aufsteht und geht habe ich es nicht geschafft, ihn anzusprechen. Als er weg ist, bin ich dermaßen enttäuscht, dass ich auch aufstehe und das deutsch-ukrainische Schriftsteller-Treffen verlasse. Hier hat er aus seinem neuen Roman vorgelesen, ich bin leider zu spät gekommen und habe dann auch noch die Chance verpasst, mich bei ihm vorzustellen. Zu Hause installiere ich einen Facebook-Account und hoffe, dass das Schicksal nun seinen von mir gewünschten Lauf nimmt.

Stanislav übersendet mir seine Recherche-Ergebnisse bezüglich der Denkmäler. Er schreibt: „Ich liebe keine Denkmäler. Trotzdem finde ich es interessant, dass es viele Denkmäler in dieser Stadt gibt. Ich habe auch schon einige gesehen und möchte sie Ihnen beschreiben." Und dann folgt eine Liste von zehn Denkmälern. Das sind weniger als ein Prozent der tatsächlichen Anzahl. Das Kapitel „Tipps für Spaziergänge" übernehme ich nun auch selber, da ich vermute, dass meine Studenten keine Zeit haben werden, durch die Straßen zu wandern, sondern lieber zu Hause bleiben und schlafen. Ich spaziere zum *Platz der Poesie* und setze mich auf eine Bank. Eigentlich bin ich schon oft hier gewesen, habe aber nicht gewusst, dass dieser Platz *Poesie-Platz* heißt. Ein hübscher Name, der Platz gefällt mir jetzt auch gleich viel besser. Es ist neblig und feucht, ein November-Nachmittag, der langsam in den Abend hineindämmert, und die Tauben werden immer frecher, weil ich ein Butterbrot ausgepackt habe, das ich hier, auf dem *Poesie-Platz*, verspeise, und dabei wird es mir plötzlich tatsächlich ziemlich poetisch zumute. Dieser Platz ist, wie vieles in dieser Stadt, ein bisschen abschüssig oder etwas ansteigend, je nachdem, von wo man ausgeht. Ich schaue abwärts und bemerke im rechten Augenwinkel, dass mich seit einiger Zeit ein Mann anstarrt. Genau vor mir, in etwa zehn Meter Entfernung, steht ein zweiter Mann. Von ihm sehe ich nur den breiten Rücken und den Hinterkopf. Ich möchte den *Poesie-Platz* jetzt verlassen, in diesem Augenblick spüre ich, dass mich beide Männer anstarren. Der eine steht auf einem Sockel, der andere auf einer Säule. Ich blicke zurück, sie rühren sich nicht von der Stelle. Der eine ist Alexander Sergejewitsch Puschkin, seit über hundertachtzig Jahren tot, der andere heißt Mychail Kozjubynskyj und steht in der Mitte einer kleinen Verkehrsinsel. Ich suche ihn im Internet, finde ein Foto und muss neidlos anerkennen, dass der Denkmal-Kopf fantastisch getroffen ist. Es könnte auch der Kopf von meinem Vermieter Nikolay sein, so frappierend ähnlich schaut er auch diesem. Mein Vermieter ist ein IT-Experte, Mychail Kozjubynskyi war ein Poet und Kosake.

Warum es gegenwärtig noch Kosaken gibt, kann ich mir überhaupt nicht erklären. Sie waren nämlich ehelos, wie ich erfahre. Es laufen aber heutzutage noch viele Kosaken herum, die man sehr gut an den typisch kosakischen Merkmalen wie dem exaltierten Schnurrbart und dem „*Chochol*", dem Haarschopf auf rasiertem Kopf – Vorbild für die heutige Frisurenmode des „Man bun" – erkennen kann. Tataren haben sich ganz normal vermehrt und besitzen eine dubiose Vergangenheit. Sie lebten hauptsächlich auf der Halbinsel Krim und ernährten sich vom Sklavenhandel, den sie äußerst intensiv und erfolgreich betrieben. So erzählt man es sich. Sie gingen überall auf Raubzug, aber ihr bevorzugtes Gebiet war das der heutigen Ukraine. Danach brachten sie die Beute auf die Krim, wo schon die Händler warteten und sie ins Osmanische Reich verkauften. Daher sollen die Krimtataren eine große Plage gewesen sein, vor allem für die Polen und für die Russen. Eines Tages reichte es den Russen, sie beschlossen, Nägel mit Köpfen zu machen und erklärten die Krim zu ihrem Besitz. In der Folge wurde es für die Ukrainer dort wieder ein bisschen wohnlicher, denn viele Menschen strömten nun auf die Krim und die Geschichte ist hier natürlich noch lange nicht zu Ende. Die Fortsetzung geschieht auf der Bühne des Charkiwer Opernhauses, einem riesigen Betonklotz aus der kunstgeschichtlichen Epoche des sogenannten Brutalismus. Von vorne sieht das Gebäude aus wie das Gebiss von Nosferatu, von dem man vergessen hat, die Zahnregulierung zu entfernen. Innen drinnen, auf der gigantischen Theaterbühne, erscheint nun Iwan Mazeppa, der Kosakenführer und nachmalige ukrainische Volksheld. In dieser Oper von Pjotr Iljitsch Tschaikowksy wird das ganze Drama der russisch-ukrainischen Freundschaft in zweidreiviertel Stunden abgehandelt. Man weiß ja nicht, wie Iwan Mazeppa wirklich ausgesehen hat, dieser hier ist klein, dick und nicht mehr ganz jung. Allerdings hat er eine schöne Baritonstimme, mit deren Hilfe er ein junges, hübsches Mädchen erobert und heiratet. Er macht aber noch einen zweiten gravierenden Fehler. Er freundet sich mit dem schwedischen König an. Das wiederum ärgert den russischen Zar dermaßen, dass alles in einer Katastrophe endet, vor allem für die ukrainischen Kosaken. Es gibt kein Happy End in dieser Geschichte, zumindest nicht in der Oper. Fast alle Ukrainer sind entweder Kosaken oder Tataren und dies unterscheidet sie von den Russen, die Russen oder Ukrainer sind. So lautet die kurze Fassung der langen Geschichte der Ukraine und der Ukrainer und ihrer Verwandtschaft mit den Russen und Russland.

Ziemlich niedergeschmettert von der Story und von der Musik Tschaikowskys trete ich auf den Vorplatz des Opernhauses, mische mich unter das lachende, tanzende, singende, feuerspeiende und Handstand vollführende Volk, entscheide mich, eine Abkürzung zur Metro-Station zu nehmen, und gelange so in eine mir unbekannte, unbeleuchtete Quergasse. Links und rechts der Gasse flimmern die grauen Haustüren aus Stahl, die Fenster darüber sind finster und vermutlich auch ungeputzt, im Stockdunklen ist das aber egal. Bevor ich umkehre und wieder in die belebtere

Gegend zurückgehe, weil ich nicht weiß, wohin dieser Weg führt, sehe ich an einer Hausfassade eine Stiege, die ins Untergeschoß führt. Durch einen Lichtschein aufmerksam gemacht, bleibe ich kurz stehen und sehe ein Plakat, auf dem der Kopf einer griechischen Statue abgebildet ist. Er leuchtet im Dunklen. Aus dem Augenwinkel erwische ich noch die Aufschrift „*Mundstück*". Dann fange ich an zu laufen.

Felix

Eine mir noch unbekannte Natalja schreibt mir ein E-Mail. Sie arbeitet bei einem Verlag für Schul- und Lehrbücher und fragt mich, ob ich Interesse hätte, für Audio-Aufnahmen zu sprechen. Der Verlagsdirektor wünscht sich bei den Hörbeispielen ein akzentfreies, muttersprachliches Deutsch. Ich habe grundsätzlich für alles Interesse, bin auch bereit, mich um ein akzentfreies Deutsch zu bemühen, und treffe mich daher mit Natalja im Kaffeehaus *Franc.ua* in der *Sumskaya*. Als Erkennungsmerkmal war ein roter Schal ausgemacht, keine der anwesenden Damen trägt hier einen roten Schal. Dann sehe ich eine junge Frau mit einer großen blauen Tasche und mir fällt ein, dass wir eine große blaue Tasche vereinbart haben. Sie stellt sich mit Natascha – eine Kosenamen-Variation von Natalja – vor, ich diagnostiziere bei ihr eine Kosaken-Krimtartaren-Mischung mit russischen Einsprengseln, sie spricht gut Deutsch und erklärt mir, um was es geht. Ich soll gleich ins Aufnahmestudio mitkommen, Felix ist schon dort. Felix ist deutscher Staatsbürger, lebt bereits seit einigen Jahren in Charkiw und was er hier sonst so treibt, erzählt er nicht. Nachdem wir uns bekannt gemacht haben, unterhalten wir uns streng nach Skript wie folgt: „Guten Morgen,

Tom“, „Guten Morgen, Tina“, „Ich komme aus Deutschland, woher kommst Du?“ „Ich komme aus Griechenland“. „Das ist schön“. „Ja, das ist sehr schön“. „Hier ist es sehr schön.“ Ja, hier ist es wunderschön.“ „Auf Wiedersehen“ und „Tschüss“.

„Und?“ „Wie ist es dort so?“ Mit dieser Frage werde ich immer wieder konfrontiert, sie kommt von zu Hause, aus Mitteleuropa. Meist über das Telefon. Auch ohne Video-Telefonie sehe ich diese Fragezeichen-Gesichter vor mir. „Mit dem Krieg und so?“ „Merkt man was?“ „Ist es denn da drüben nicht gefährlich?“ Allein das Wort „Ostukraine“ ruft ja schon leichte Panik hervor. Das finde ich amüsant. Es ist durchaus reizvoll, etwas auf die Dramatik-Tube zu drücken und von Soldaten und Soldatinnen in der Stadt zu erzählen (dass diese hier friedlich im Park sitzen, verschweige ich), oder vom doppelt und dreifach gewickelten Stacheldrahtzaun zu schwadronieren, der eine Gefängnismauer bekrönt, an welcher ich jeden Tag mit der Straßenbahn vorbeifahre. In diesem Gefängnis hat Julia Timoschenko gesessen, es soll sich aber um eine Luxus-Zelle gehandelt haben. Heute sitzt sie im Parlament und würde gerne wieder ukrainische Präsidentin sein. Ich erzähle auch vom Kriegsflüchtlingslager in einer Synagoge, von der ich gehört habe und die ich nach längerem Suchen in der Nähe des Zirkus ausfindig mache. Das Hauptportal ist verschlossen. Ich klopfe an allen Nebentüren, bis ein korpulenter und verschwitzter Mann im Unterhemd aus einem Fenster schaut und – fast ein bisschen zu bereitwillig – mich einlädt, hereinzukommen. Er führt mich durch das heruntergekommene Innere, erzählt mir, ich weiß nicht mehr, in welcher Sprache, dass dies keine normale Synagoge sei, sondern eine Kenasse. Ich weiß nicht, was eine Kenasse ist, und sonst verstehe ich auch nicht viel von dem, was er mir erklärt, aber ich nicke verständnisvoll und sage „aha“ und „*da, da*“, was hierzulande „ja, ja“ heißt und fast nie falsch sein kann und ich tripple hinter ihm her, quer durch das alte Gebäude, bis hinauf auf den Dachboden, der noch der unversehrteste Teil des Gebäudes zu sein scheint. Bewohner sehe ich keinen, obwohl wir alle Räume besichtigen, einschließlich des alten Betsaales, der als Aufenthaltsraum für verschiedene Textilien, Hausrat, Hausmüll, Sperrmüll und Gerüche fungiert. Ich verstehe gerade noch, dass hier Flüchtlinge einquartiert sind, die von der Krim stammen, warum sie hier sind und warum sie jetzt nicht anwesend sind, erfahre ich nicht, ich hole wieder ein paar Informationen aus dem Internet, mische Gehörtes, Gelesenes und Vermutetes zu einem schönen Erzählbrei und schicke es all jenen, die wissen wollen, wie es hier so ist.

Mit Hilfe ukrainischer Internetseiten fertige ich eine Liste mit entsprechenden Wunsch-Objekten an und hake eins nach dem anderen ab. Ich war bereits im Kaffee-Museum, im Sexualkulturen-Museum, im Meer-Museum und im Keramik-Museum. Ich lasse nichts aus, mein Ehrgeiz stachelt mich an und ich gebe mich erst zufrieden, wenn es kein Museum mehr gibt, das ich nicht gesehen habe. Leider ist das Wasser-Museum geschlossen. Für immer. Auch das ukrainisch-orthodoxe Kirchentextil-Museum scheint seine Pforten endgültig geschlossen zu haben, ebenso das Memorial-Museum der Familie Grizodubova in der *Myronositska 54 B*. Diese Straße erwähne ich, weil es meine zweitliebste Straße ist. Valentina Grizodubova war eine sowjetische Fliegerin und Offizierin und trägt den Titel „Heldin der Sowjetunion“. Den Titel hat man ihr gelassen, das Museum wurde geschlossen. Das Naturkunde-Museum finde ich erst nach langem Suchen, aber das liegt diesmal wirklich nur an mir selbst. Der Museumsbau ist so pompös-imperial, man kann ihn normalerweise gar nicht übersehen. Man spaziert zehn Minuten an der Gebäudefront entlang und ist noch immer nicht vorbei. Im Vorgarten stehen jede Menge alter Petschenegen-Steinweiber herum, drinnen sitzen die üblichen älteren Damen. Sie wundern sich über meinen Besuch, knöpfen mir das Geld für den Eintritt ab, drücken mir ein kleines Papierschnitzel als Quittung in die Hand, dann stürze ich mich drei Stockwerke hoch ins Vergnügen mit tausend toten ausgestopften Tieren, die nicht mehr gut riechen. Ich arbeite mich tapfer durch und lande bei einem siebenundzwanzig Meter langen Wal-Skelett. Das Übelste sind aber wieder einmal die Toiletten-Anlagen. Ich steige in die Straßenbahn Linie Nummer drei, bleibe auf der harten Holzbank sitzen und fahre bis zur Endstation. Die Tram fährt eine Schleife, alles sieht genauso aus, wie man sich eine Endstation vorstellt, immerhin gibt es aber einen kleinen Laden mit Kaugummi, Zigaretten und einer Verkäuferin. Ich steige nicht aus, glotze aus dem getrübten Fenster und warte, bis die Tram sich wieder auf den Retourweg macht. Allerdings versteht das die Schaffnerin nicht und will mich aus dem Waggon bugsieren. Wohin ich denn möchte, fragt sie mich. Ich sage, weil mir nichts anderes einfällt: zum Zirkus. „O, da sind sie ja viel zu weit gefahren“, meint sie bedauernd und ich erzähle ihr nun, dass ich nur ein bisschen spazieren fahre. Das versteht sie, sie fragt mich, ob ich schon im Stadtzentrum war, dort sei es viel schöner als hier. Mitleidig verzichtet sie darauf, das Rückfahrticket zu kassieren. Ich fahre bis zur anderen Endstation, dort steige ich aber aus, damit sie nicht noch mehr Erbarmen bekommt mit mir. Völlig überraschend befindet sich an dieser Endstation der Friedhof Nummer dreizehn. Meine Recherchen auf den Friedhöfen machen mir viel Freude. Ich spaziere von Grabstein zu Grabstein, auf denen nicht nur Namen und Vatersnamen eingemeißelt sind, sondern auch die sehr fotorealistischen Porträts der Begrabenen und künstlerischen Abbildungen von Dingen, die auf den Beruf und die Vorlieben der Verstorbenen hinweisen. So deuten Schuhe vermutlich auf einen Schuster hin, Raketen auf einen Astronauten, eine Fliegerkappe auf einen Kriegs- oder Nachkriegshelden und ein Notenblatt auf einen Musiker oder Sänger. Abbildungen von Salatköpfen und Auspufftöpfen bleiben mir schleierhaft.

Leider gibt es in meinem Wohnblock auch sehr, sehr nette Menschen. So ein Mensch wohnt im ersten Stock und er steht genau zu dem Zeitpunkt auf der Treppe, an dem ich draußen den Code zum Öffnen eingebe, die Haustür aufdrücke und das Fahrrad mit Kraft und Schwung ins Treppenhaus rette, bevor die schwere Stahltür mit Krach wieder ins Schloss fällt. Anschließend ist geplant, das Vehikel in meine Wohnung in den sechsten Stock zu tragen, dieser nette Mensch aber kommt freudestrahlend auf mich zu, reißt mir das Fahrrad aus der Hand, geht zum Lift, öffnet die Tür, holt schwungvoll aus, stellt das Fahrrad auf das Hinterrad und hievt es hochkant hinein, so, dass das Vorderrad am oberen Lüftungsschacht halt macht, dann hält er mit dem linken, tätowierten Arm das vertikale, schwankende Gebilde gerade noch aufrecht stabil, winkt mich mit der rechten Hand herbei und schiebt mich dazu. Jetzt stehen mein Fahrrad und ich eingeklemmt in der ächzenden, wackeligen Kabine, ich kann mich nicht mehr bewegen, als letzte Hilfestellung drückt er auf den Knopf, der uns in den sechsten Stock katapultieren soll, sagt noch irgendetwas, vermutlich auf *Surschyk*, diesem gemischten Sprachsalat, und ich erwidere automatisch und völlig gegen meinen Willen „Vielen Dank, vielen, vielen Dank und auf Wiedersehen" und versuche ein Lächeln. Ich muss mein Vorurteil, welches ich gegenüber der Betriebsfähigkeit des Liftes hegte, sofort revidieren. Er funktioniert einwandfrei. Sogar die Lifttür geht, in meinem Stockwerk angekommen, rasch und komplikationslos auf. Vermutlich sitzt mein Helfer bereits wieder in seiner Kemenate mit einem Wodka vor dem Fernseher, zufrieden und in der Meinung, eine gute Tat vollbracht zu haben. Wenn er sehen würde, wie wir, mein Fahrrad und ich, eingepfercht in der Liftkabine stehen, und nicht wissen, wie wir da wieder rauskommen sollen, würde er wahrscheinlich die Feuerwehr rufen. Während ich fieberhaft überlege, wie das nun weitergehen soll, sehe ich – im Film wäre es eine extrem herangezoomte Detailaufnahme – einen Gegenstand vor mir. Es ist ein Mundstück. Es steckt im Mund meines Türnachbarn, der im Gang vor meiner Wohnung eine Zigarette raucht. Er sieht mich, und bevor sich die Lifttür wieder schließen kann und der Lift mit mir und meiner Fracht nach unten abfährt, stellt er geistesgegenwärtig seinen Fuß, der in einem mit Fell besetzten Hauspantoffel steckt, zwischen die Lichtschranke, das verhinderte Schließen erzeugt ein entsetzliches Geräusch, die Kabine macht einen gewaltigen Ruck und ich kippe mitsamt dem Fahrrad auf den Mann. Die Zigarette fällt auf den Boden, das Mundstück steckt in seinen fest zusammengepressten Lippen. Die Worte, die er daraus hervorquetscht, verstehe ich nicht. In dieser Nacht vergesse ich, die Wohnung abzusperren. Die halb verrückte Frau, die ein Stockwerk unter mir wohnt, scheint ausgezogen oder gestorben zu sein. Oder vielleicht hat sie jetzt Angst vor mir. Oder vor Nikolay und der Politik. Jedenfalls klopft sie nicht mehr an meine Tür.

Artem

„Sie müssen erotischer lesen! Schauen Sie, bitte!“ Sie spitzt den Mund: „Soo!“ Es kommt eine Zahnlücke zum Vorschein – ein Schneidezahn fehlt –, dann flüstert sie ganz langsam, jede Silbe betonend, angespannt aufreizend: „Pe-ter-si-li-e“. Danach haucht sie: „La-uch“. Anschließend pustet sie das Wort „Fleisch-hau-er“ lasziv in den Raum. Kleine Pause. Weiter geht es auf diese berückende Weise: „Tisch ge-deckt. Ker-ze brennt.“ Zehn Personen sitzen um einen Tisch, lauschen gebannt und brechen dann in Gelächter aus. Alle haben vor sich ein Blatt Papier mit dem Text einer Erzählung von Ingeborg Bachmann, in der die Autorin höchstpersönlich für Ivan kocht. Ivan ist Ingeborg Bachmanns Liebhaber. Volodymyr, ein Philosophie-Professor, der in Jena studiert hat und dessen Haare tief ins stoisch wirkende Gesicht frisiert sind, hat sich freiwillig gemeldet, um den Text vorzulesen. Olga beanstandet das monotone Herunterleiern des Philosophen und zeigt vor, wie man es ihrer Meinung nach vortragen müsste. Die Veranstalterin dieser Lesung für Freunde der österreichischen Literatur in Charkiw sieht den Programmablauf etwas gestört, stoppt die Fröhlichkeit und erklärt, dass sie nun den Vortrag mit dem Thema „Kulinarische Genüsse in der österreichischen Literatur“ fortsetzen möchte. „Hier kocht eine Frau für einen Mann! Das muss man sich doch auf der Zunge zergehen lassen“ rechtfertigt sich Olga. Ihr Deutsch ist ganz passabel, sie unterrichtet diese Sprache am Germanistik-Institut der angesehensten Universität der Stadt. Volodymyr spricht noch besser, er hat an der Universität Innsbruck promoviert. Als Abschluss der Veranstaltung gibt es wie immer Tee und Selbstgebackenes von Olena, die bei diesen Gelegenheiten meist im knackigen Dirndl erscheint, Natalja, die Betreuerin der Österreich-Bibliothek, stellt sich dann ebenfalls in Verkleidung dazu, manchmal als Bär oder als Elch, das hat nichts mit Fasching zu tun. Von allen Veranstaltungen werden zahllose Fotos gemacht, die anschließend auf Facebook gestellt werden. Eine Veranstaltung, die nicht auf Facebook zu sehen ist, ist keine Veranstaltung.

Ich fahre in der Früh los, den „Kalten Hügel“ hinunter Richtung Zentrum, ohne Bremse über Stock und Stein. Komme gut an, fahre zuerst zur Werkstätte. Die Tür ist geschlossen. Ein Zettel mit einer Nachricht (kann ich nicht verstehen) und einer Telefonnummer (kann ich ganz gut lesen). Ich tippe sie in mein Handy, es meldet sich eine männliche Stimme mit „Hallo“, dieses „Hallo“ ist Ukrainisch, das erkenne ich sofort. Man kann es mit den uns zur Verfügung stehenden Buchstaben schriftlich gar nicht darstellen. Es ist ein dumpfer, kurzer Laut zwischen A und O, dann folgt das slawische L, das mit der halben Zungenlänge am oberen Gaumen geformt wird, zum Abschluss folgt ein O, so hohl und dumpf wie aus den Tiefen eines gewaltigen Brunnenloches stammend. Dieses „Alljooo", aus Millionen Mündern tönend, bildet eine permanente Klangwolke, welche über der Stadt – nein, über dem ganzen Land – schwebt. Auf dieses „Alljooo" antworte ich auf Russisch, wechsle ins Englische, die Stimme antwortet überraschend ebenso und kündigt an, dass sie in fünfzehn Minuten da sein wird. Nach einer Stunde kommt der Besitzer der Stimme und der Werkstatt, wirft einen kurzen Blick auf das Fahrrad, runzelt die Stirn und meint: „It's pretty dangerous". Er bietet mir ein Fahrrad aus seinem Sortiment an, das mir aber zu teuer erscheint, daraufhin klebt er einen Teil meiner Bremse mit einem Klebeband fest und schickt mich wieder auf die Straße. Fröhlich radle ich auf der *Sumskaya* Richtung Norden. In vier Stunden bin ich in Russland, wenn ich so flott weiterradle. Ich treffe Elena beim Friedhof und sie strampelt hinter mir her. Bei der Rückreise bemerke ich links im Wald ein Schild, ich überquere die Straße und sehe ein paar rostige Platten und Reste eines Gemäuer. Es ist still und wir fahren weiter in den Wald, es fängt zu regnen an, wir sind nach zehn Minuten patschnass, das Wasser tropft von den Haaren über die Nasenspitze auf die Schuhe. Ich vertraue der Ortskenntnis von Elena, die in Charkiw aufgewachsen und seit fünfunddreißig Jahren hier zu Hause ist. Es stellt sich heraus, dass Elena keinen blassen Schimmer hat, wo wir jetzt sind. Später lese ich die Geschichte dieses Ortes. Sie geht so: Es waren einmal ein paar Kinder, die spielten in diesem Wald. Sie hießen vermutlich Oleg oder Olja oder Serhij und möglicherweie war es eine Katja, die am Boden etwas entdeckt hat. „Schaut's einmal her“, hat sie vielleicht gesagt, „schaut's einmal her, was ich da gefunden habe.“ In ihrer Hand lagen ein Ring und ein alter Knopf, und danach haben die Kinder und die Leute, die schnell herbeigelaufen sind, um sich an der Suche zu beteiligen, noch viel mehr gefunden. Knochen, Stofffetzen, Zähne und etliche andere Dinge. Und das ist jetzt nicht bloß die halbe Geschichte, sondern noch viel weniger – nur ein kleiner Bruchteil davon! Einen nicht geringen Anteil der Geschichte macht der Zweite Weltkrieg aus. Ein weiterer Teil ist das Speziallager für polnische Kriegsgefangene in *Starobilsk*, einer kleinen Stadt etwa vierzig Kilometer östlich von Charkiw gelegen. Die Transport-Etappe von dort hierher in den Wald, mit einer Fracht, die man sich nicht ausdenken will, beendet diese Geschichte noch lange nicht. Ich lasse sie lieber so im Raum stehen. Ich suche *Starobilsk* im Internet, finde es ohne Mühe und entdecke unter den berühmten Söhnen und Töchtern der Stadt einen mir bekannten Namen: Serhij Zhadan. Er wurde in *Starobilsk* geboren.

Mit Olga gehe ich ins *Dom Aktera*, das Haus der Schauspieler. Die Theater-Gruppe, die sich „Wunderschöne Blumen“ nennt, spielt ein Stück, in dem kein einziges Wort gesprochen wird, deshalb kann ich alles verstehen. Ich bin sehr begeistert. Olga, der ich zum Zwecke der Unterscheidung von den anderen Olgas den Zusatznamen Pendel-Olga gegeben habe, da sie gerade an einem Esoterik-Kurs teilnimmt und immer ein Pendel dabei hat, um übungshalber jeden und alles auszupendeln, ist sehr enttäuscht von der Vorstellung. Sie sagt, sie wäre sinnlos gewesen. Ich verstehe nicht, was sie mit sinnlos meint. Später fällt mir ein, dass sie vielleicht unsinnig gemeint haben könnte. Ich werde darüber nachdenken, wie ich ihr den Unterschied erklären kann. Olga ist Deutschlehrerin und sucht eine Arbeitsstelle, an der Universität möchte sie aber nicht mehr arbeiten. Angeblich war Charkiw die Stadt mit den meisten Universitäten in der ganzen ehemaligen Sowjetunion. Später, nach der Unabhängigkeit, konnte man keine Universität schließen, weil die Rektoren, Dekane und Putzfrauen vehementen Widerstand leisteten, und man entschied sich für eine Strukturreform, in deren Rahmen man jede Menge neuer, kleinerer Universitäten erschuf, für die man allerlei Fachrichtungen erfinden musste. Daher gibt es nun eine eigene Universität für das Design von Backofenzubehör, eine Universität für Eisenbahntransport und Zugschienen und eine Akademie für Briefmarkenkunde kombiniert mit dem Studienfach Psychologie für Ingenieure. Der Wettstreit um Studenten, die lieber und immer öfter ins gelobte Ausland abwandern, führt dazu, dass jede Bildungsanstalt, die etwas auf sich hält, einen hauseigenen Lehrstuhl für die deutsche Sprache anbietet. Als hübsches Sahnehäubchen werden die Lektoren und Lektorinnen aus Österreich und Deutschland auf diesen Bildungs-Kuchen gesetzt. Bereits vor neunzig Jahren wurde in Charkiw, damals die Hauptstadt der Sozialistischen Ukrainischen Sowjetrepublik, das Physikalisch-Technische Institut gegründet, in welchem der spätere Nobelpreisträger Lew Landau die allererste Kernspaltung vornahm. Nach ihm ist der *Landau-Prospekt* benannt, der zum *Gagarina-Prospekt* führt, welcher knapp vor dem Flughafen endet. *Prospekte* sind vier- oder sechsspurige Straßen, auf denen man durch überhöhtes Tempo den Zeitverlust, den man durch den unausweichlichen Verkehrsstau in der Innenstadt erlitten hat, wieder einholen kann.

Artem ist ein hochaufgeschossener, sehr magerer Bursche, studiert Maschinenbau und redet nur, wenn er gefragt wird. Erst am Ende des Studienjahres stellt er ungefragt eine Frage. Ob man beim Grüßen in Österreich „Tschüss“, „Tschau“ oder „Hallo“ sagt, oder was ich ihm diesbezüglich empfehlen könnte. Von „Servus“ hat er auch schon gehört, er weiß aber nicht, ob man es beim Begrüßen oder beim Verabschieden sagt. Und dann möchte er noch erfahren, ob es üblich ist, für die Toilette auch „Häusl“ zu sagen. Bei unserem Reiseführer-Projekt hat er die öffentlichen Verkehrsmittel übernommen, ich werde ihm noch die öffentlichen WC-Anlagen aufbrummen. In seinem ersten Bericht erwähnt er die Metro, die Straßenbahn und den O-Bus. Die *Marschrutkas* lässt er komplett unter den Tisch fallen, weil er sie für Touristen nicht geeignet hält. Artem trägt meist ein gebügeltes Hemd mit einem Pullunder darüber und eine Hose mit Bügelfalten. Damit sticht er unter seinen Mitstudenten hervor. Er ist der einzige in der Gruppe, der kein Sommerstipendium nach Deutschland bekommen hat. Er weiß nicht, warum. Ich lade ihn ein, in den Ferien nach Österreich zu kommen.

Wenn Bogdan einmal loslegt, ist er nur schwer zu stoppen. Sein Deutsch kommt wie aus einer Maschine für Werkzeugteile als Einzelanfertigung:

geschliffen, mit einem knappen, leicht zischenden Geräusch, der Teil wird abgelegt, dann kommt schon das nächste Stück. Er fertigt die Sätze wie ein Fabrikarbeiter im Akkord und wird deshalb auch gemobbt. Ich vermute, er ist leicht autistisch. Ich möchte gerne mit meinen Studenten bei einem Kurzhörspielwettbewerb, der von Radio Ö1 veranstaltet wird, mitmachen und schreibe für diesen Zweck einen Text. Bei der ersten Sprechprobe stellt sich heraus, dass er völlig unbrauchbar ist. Die Studenten lesen ihn dermaßen hölzern herunter, dass der leider ziemlich schwachsinnige Plot noch trostloser wirkt. Aus Zeitmangel beschließe ich, ein spontanes Stegreif-Hörspiel zu machen. Artem spricht und spielt Artem, Olga spricht Olga, Nastja die Nastja, Sascha die Sascha, Stani den Stani und Bogdan muss ich in das freie Gespräch irgendwie integrieren, das heißt, ich muss verhindern, dass er zu sprechen beginnt, weil er, wenn er einmal anfängt, nicht mehr zu stoppen ist. Laut Ausschreibung darf das Hörspiel maximal fünf Minuten dauern und es muss darin der Satz „Es ist ja nur ein Spiel“ vorkommen. Alles andere kann man völlig frei erfinden. Ich versuche, die Gruppe wie ein Kammermusik-Orchester zu dirigieren. Meine Musiker können jedoch keine Noten lesen und haben auch noch nie ein Musikinstrument in den Händen gehalten. Zur Einstimmung dürfen die Studenten das Thema selbst wählen. Eines brennt ihnen offensichtlich schon unter den Nägeln und es lautet: „Kann es zwischen Männern und Frauen wahre Freundschaft geben?“ Ich schalte am Smartphone auf Aufnahme und los geht’s. Eine ganze erste Minute lang kann sich niemand entschließen, ein Wort zu sagen. Ich kann nicht behilflich sein, denn das würde man bei der Aufnahme ja hören. Deshalb gestikuliere und grimassiere ich wie verrückt, um sie zum Sprechen zu bringen. In der zweiten Minute fängt Nastja zu kichern an und kann gar nicht mehr aufhören. In der dritten Minute erklärt Stanislav sehr umständlich und ziemlich unverständlich, was er unter Freundschaft versteht. Daraufhin wirft Sascha erbost etwas ein, allerdings auf Russisch, und plötzlich legen alle gemeinsam los, sprechen durcheinander, man versteht gar nichts mehr, alle brabbeln in ihrer Muttersprache. Die Zeit läuft, ich winke verzweifelt, lautlos schreie ich „auf Deutsch bitte, auf Deutsch!“, da geht die Kicherei wieder los, die in einem Gelächter endet, das erst aufhört, nachdem die fünf Minuten vorbei sind. Ich drücke auf die Stopp-Taste. Einen Titel habe ich schon. Ich nenne unser Kurzhörspiel „*Mundstück*“ und sende es an die Ö1-Redaktion.

Wowa und Aljoscha

Ich bin wieder im Aufnahmestudio und muss diesmal die Dialoge alleine sprechen, Felix ist nicht gekommen, vielleicht ist er krank, vielleicht hat er keine Lust. Natascha erzählt mir, dass er bei einer Agentur angeheuert hat, die die Herausgabe eines Reiseführers für Charkiw plant. Ich schlucke beeindruckt. Ich spreche also auch den Part, den Felix sprechen müsste, und versuche, mit tiefer gelegter Stimme einen Frankfurter Akzent, gemischt mit etwas Kölsch, hineinzubekommen. Dafür übertreibe ich das Österreichische in meiner Rolle, diesmal als Helga, die aus Wien kommt.

Ich verfüge bereits über einen beachtlichen Bekannten-Pool, aus dem ich Personen ziehen kann, die als Begleitung für meine jeweiligen Unternehmungen in Frage kommen. Die Pendel-Olga bietet sich liebenswürdigerweise an, mit mir diverse kulturelle Unterhaltungen zu besuchen. Mit ihr flaniere ich durch Museen und besuche Konzerte an Veranstaltungsorten, von denen sie noch nie etwas gehört hat. Die Tataren-Elena besitzt ein eigenes Fahrrad und ist somit für Streifzüge quer durchs wilde Feld verwendbar. Die fromme Natalja geht gern Kaffee trinken, was wir fast täglich zusammen machen. Dabei lässt sich wunderbar die Kaffeehaus-Szene erforschen. Diese ist aber, so wie das Universum, unermesslich groß und daher auch unerforschlich. Für den Zirkusbesuch heuere ich zwei kleine Buben mitsamt ihrer Mutter Anja, dem Zwilling, an. Natürlich kommt der zweite Zwilling auch dazu, allerdings ohne Kinder, denn sie hat keine. Das Zirkusgebäude ist eine Ikone der sowjetischen Zirkusarchitektur, so formuliere ich es in meinem Kopf für den Reiseführer, und bin sehr stolz darauf. Es steht inmitten der Stadt wie ein schräg gelandetes Ufo auf einer Wiese neben dem Ufer des Charkiw. Während der Wartezeit auf den Einlass machen die zwei kleinen Buben namens Wowa und Aljoscha auf Hauptdarsteller des Flohzirkusses und uns – Mutter, Tante und mir – gelingt es nur mit großer Mühe, die Entsprungenen wieder einzufangen und sie auf den Sitzplätzen festzuzurren. Nach diesem aufregenden Vorprogramm läuft der Löwen-Dompteur zur Hochform auf, ein Hundertfünfzig-Kilo-Mann hinter der Absperrung hält während der gesamten Raubtier-Dressur eine Feuerwehrspritze im Anschlag, bereit, sofort einen dicken Wasserstrahl auf die Löwen zu schießen, falls diese auf dumme Gedanken kommen sollten. Ein Löwe kommt bald auf dumme Gedanken, er hat offensichtlich auch sehr schlechte Laune und grapscht ständig nach dem Dompteur. Später denkt man sich, er hat diese schlechte Laune nur gespielt, denn der Dompteur legt zum Höhepunkt der Vorstellung vertrauensselig seinen Kopf in das weit aufgerissene Maul eben dieses übelgelaunten Löwen. Er zieht ihn auch wieder heraus, alle sind sehr glücklich und klatschen wild. Der Dompteur ist ein Tatare, denn er benimmt sich wie ein Tatare, schaut aus wie ein Tatare, auch dann noch, nachdem er den Kopf wieder aus dem Löwenmaul gezogen hat. Wenn nun aus irgendeinem Grund das Blut dieses Dompteurs geflossen wäre, hätte man feststellen können, dass in diesem Tatarenblut ukrainische, kosakische, polnische, litauische, russische und kiptschakische Blutkörperchen vorhanden sind. Dieser Anteil der kiptschakischen Blutkörperchen im Tatarenblut ist ein Resultat der Attraktivität, welche die Frauen der Kiptschaken auf die Kosaken einst ausübten und weshalb sie heute zur Strafe als diese unglaublich hässlichen Steinweiber in den unendlichen Weiten der Steppe und in Museen herumstehen müssen. Die Tataren waren bei ihren Verwandten unbeliebt, weil sie sich auf die sozial nicht sehr verträgliche, aber recht einträgliche Kategorie des Menschenraubes spezialisiert hatten. Das ärgerte vor allem die Russen, die sich nicht die hübschen jungen Frauen und Männer vor der Nase wegstehlen lassen wollten, und deshalb beauftragten die Russen die Kosaken, die Tataren von der Krim zu vertreiben. Nachdem dies nicht sofort gelang, wurde die Halbinsel vom russischen Zar kurzerhand für erobert erklärt. Das ist nun in etwa fast die ganze Geschichte der Halbinsel Krim.

Im Kaffeehaus *Lwiw Masterka* sitze ich mit Sonja, die sich Sofia nennt. Sie hat mich zu ihrer Schulabschlussfeier eingeladen und anschließend auf einen Kaffee in dieses sehr romantisch eingerichtete und wunderbar duftende Lokal, wo man die besten Schokoladen von ganz Osteuropa und Westasien kaufen kann. Ich habe ihr in den letzten Monaten zusätzlichen Deutschunterricht gegeben, weil sie die B2-Prüfung schaffen will. Sofia hat große Pläne, sie will später einmal die Mantelfabrik ihrer Eltern übernehmen, vorher noch in Österreich Betriebswirtschaft studieren und eine kombinierte Mantel-Kaffeehaus-Boutique in der Charkiwer Innenstadt aufmachen. Morgen fährt sie nach Moskau, um dort auf einer Mode-Messe für die neue Winterkollektion als Mantel-Model aufzutreten. Sonja ist siebzehn Jahre alt, trägt stets stylische Kleidung und hat manikürte Fingernägel. Bis jetzt hat sie alles geschafft, was sie sich vorgenommen hat. Am Abend gehen wir ins Kino. Als wir den amerikanischen Film in beiderseitigem Einverständnis aufgrund unerträglich brutaler Szenen vorzeitig verlassen, regnet es und Sonja bestellt mir ein Uber-Taxi. Uber-Taxifahren ist eine Fifty-fifty-Angelegenheit; mit fünfzig Prozent Wahrscheinlichkeit kommt man mit einem teuren Neuwagen und verlässlichen Fahrer sehr schnell und sauber ans Ziel, erscheinen die anderen fünfzig Prozent, verliert das klapprige Gefährt auf halbem Weg den Auspuff, die Motorhaube sowie die Bodenplatte und der Fahrer flüchtet zu Fuß vor der heranheulenden Polizeisirene.

Diese Stadt ist launisch und ich bin auch launisch. Unsere Launen schwanken wie Elektroleitungen, wenn sie vom Herbstwind aus den verschiedensten Richtungen angepfiffen werden. Wenn sich eine schlechte Laune in meinem Gemüt verfängt, beschimpfe ich die Stadt. Es ist ihr natürlich vollkommen egal. Für mich hat sie fast allen Schrecken verloren und nun verliere ich auch noch jede Demut. Ich fahre mit dem Fahrrad in den Osten, genauer gesagt in den Südosten, und gelange auf das Gelände einer stillgelegten Zementfabrik. Ich stehe vor einem rostigen Eisenbahngeleise, der staubige Weg endet hier in einem unpassierbaren Glasscherben-Brennessel-Dickicht. Ich kann nicht mehr vor, aber auch nicht zurück, es ist alles dicht zugewuchert, es gelingt mir nicht einmal mehr, das Fahrrad zu wenden. Weit und breit ist niemand zu sehen. Hier werde ich verhungern und verdursten. Mir wird schon ein bisschen schummrig und schwindlig, da, plötzlich, auf einmal, sehe ich vorne etwas – du lieber Himmel! Das ist sie! Ich habe die Hoffnung schon aufgegeben gehabt, sie zu finden. Aber ich bin mir sicher, das ist sie! Die Seele! Die Seele dieser Stadt! Wenn die Stadt einen Darm hat und Fingernägel und einen Haarwuchs, dann muss sie ja auch eine Seele besitzen. Nun schwebt sie da irgendwo vor mir, ich spüre sie, sie brennt auf meiner Haut, zerzaust meine Haare, kratzt meine Augen! Dieses staubige, schwitzende, brenzlig-faulig riechende, stechende, beißende, borstige, augenzwinkernd lächelnde, unaussprechliche Etwas, das muss die Stadtseele sein! Ich schnäuze mich vor Rührung in den Zipfel meines T-Shirts und beginne schüchtern einen Small-Talk. Ich probiere es auf Russisch, ich weiß ja nicht, welche Sprache diese Seele spricht. Auf Ukrainisch bin ich nicht so eloquent, da kann ich nur die Litanei des U-Bahn-Lautsprechers. Vielleicht ist sie beleidigt, wenn ich Russisch spreche? Ukrainische Seelen kennen da keinen Spaß, vermute ich. Könnte sein, dass sie mir „Wenn du kein Ukrainisch kannst, halt lieber den Mund!“ zugiftet. Aber vielleicht lacht sie mich aus: „Haha, Ukrainisch, mach dich nicht lächerlich“. Aber die Seele ist, so schnell hab ich gar nicht schauen können, wieder verschwunden, bevor ich nur ein einziges Wort herausgebracht habe. Immerhin hat sie mir eine Botschaft hinterlassen. Zumindest bilde ich es mir ein. Auf meinem schwer erkämpften Rückweg, gerade noch heil dem vorstädtischen Dschungel entronnen, stelle ich fest, dass in meinem Vorderreifen keine Luft mehr ist. Ich trete noch ein paar müde Meter, kurz darauf ist auch der Hinterreifen platt. Um Mitternacht erreiche ich ohne Licht und Luft, aber glücklich und gesund meine Wohnung. Das ist in etwa die ganze kurze Geschichte der Beliebtheit der russischen sowie der ukrainischen Sprache hierzulande.

Meine gastronomische Wanderlust führt mich in ein neu eröffnetes Lokal am *Konstitutii Maidan*. Es heißt *Ada*, es kann aber auch *Afa* oder *Ala* heißen, der mittlere Buchstabe im Logo ist unleserlich. Innen ist alles frisch renoviert und sauber, es gibt türkische Küche, vier bärenstarke, große Männer stehen mit riesigen Messern um den Döner herum, ein zartes Fräulein sitzt an der Kassa, eine blonde Frau nimmt die Bestellungen auf und als Servicepersonal fungiert ein ziemlich pummeliges, kürzest geschürztes Mädchen. Im Lokal befindet sich bereits eine Gruppe sehr orientalisch aussehender Männer, eine ebensolche zweite Gruppe kommt herein, der Laden ist nun überfüllt, es wird laut, kurz darauf springt ein Döner-Mann mit dem Messer in der Hand über die Theke, packt einen der Gäste am Hemdkragen, schleift ihn über den Boden zum Ausgang, öffnet die Tür und wirft ihn mit kurzem und heftigem Schwung auf die Straße. Der Rest der Gruppe verschwindet gleichfalls dorthin. Die Serviererin kichert aufgeregt, die verbliebenen Gäste schauen ein bisschen blöd in der Luft herum, ich sitze gemütlich in der Ecke, verzehre meine Pizza und trinke Ayran, mein Lieblingsgetränk. *Ada*, *Afa* oder *Ala* ist ab sofort mein neues Lieblingslokal.

Vera

Auf der Liste, auf welcher die Orte verzeichnet sind, die ich besichtigen möchte, ist *Dobritzkiy Jar* nicht verzeichnet. Ich möchte nicht nach *Dobritzkiy Jar*, aber Vera möchte unbedingt, und es führt nur ein Weg dorthin, nämlich über den *Moskovsky-Prospekt.* Wir treffen uns am Flussufer, jede mit ihrem Fahrrad, und wir hüpfen und heben unsere Vehikel über Millionen Bordkanten, die höher nicht sein könnten, wühlen uns durch das Menschengedränge auf den Gehwegen, wenn uns auf der Straße die haarscharf an uns vorbeirasenden Autos auf die Nerven gehen, und sind schon fast vor den Toren Moskaus, als sich die Kette von Veras Fahrrad plötzlich im Zahnrad verkeilt und die Verhedderung so solide ist, dass wir die Kette nicht mehr frei bekommen. Wir befinden uns zu diesem Zeitpunkt schon ziemlich weit weg vom Zentrum und noch ziemlich weit weg von unserem Ziel. Auf diesem Abschnitt des *Moskovsky-Prospektes* gibt es einen McDonald, zwei Sonnenstudios, drei Krankenhäuser, vier Postämter, fünf Baustoffhandelsgeschäfte, sechs Apotheken und mindestens sieben Geldwechselstuben, aber kein Fahrradgeschäft und auch keine Fahrrad-Reparaturwerkstätte.

Natalja die Fromme möchte gerne mein neues Fahrrad haben. Es gefällt ihr so gut, dass sie es mir abkaufen möchte. Ich habe es bei einem Fahrradhändler gekauft, der mir großzügig erlaubt hat, den nun endgültig zu Tode gerittenen Drahtesel von Andrej bei ihm im Geschäft zu lassen. Andrej gegenüber habe ich kein schlechtes Gewissen, denn er hat sicher gewusst, dass sein Fahrrad keine müde Kopeke wert war. Verzweifelt versuche ich, Natalja davon abzuhalten, mein Fahrrad zu kaufen, ich habe Angst um sie. Sie ist ziemlich unsportlich. Natalja, es ist gefährlich, hier in Charkiw mit dem Fahrrad zu fahren, die Autos nehmen keine Rücksicht, im Winter ist es viel zu kalt, du wohnst so weit weg vom Zentrum, du kannst mit dem Fahrrad nicht zur Arbeit fahren. Sie will es aber unbedingt haben. Es ist eine fast heilige Entschlossenheit, so heilig und fest wie ihr Glaube an Gott und dessen Priester. Wir planen eine Probefahrt und mieten zu diesem Zwecke im *Gorki-Park* ein zweites Fahrrad, radeln den vorbildlich angelegten Fahrradweg entlang der *Bilgorodsky-Schosee*, vorbei an der Maschinenbaufabrik, am Tennisclub, am Monument für Radfahrer bis zum Gedenk-Park *Slavy*. Natalja fragt mich, ob ich es höre. Was denn, ich höre nichts. Nur ein dumpfes, hallendes Pochen. Langsam, unablässig, regelmäßig. Natalja sagt, hier klopft das Herz. Welches Herz? Das Herz der Mutter Heimat. Dann sehe ich sie, eine riesig große, starre, totenblasse Steinstatue. Ihr Kopf ist so hoch oben, ich lege meinen Kopf in den Nacken und schaue sie an. Ihre Mundwinkel sind nach unten gezogen. Über den Rücken kommt mir schon der Gänsehaut-Schauder gekrochen. Wieder so ein Denkmal, das man nicht abtransportieren kann. Wir drehen um. Zur Beruhigung möchte ich eine Schischa rauchen. Wir radeln zurück bis zum Lokal *Schischa-Hane*, sinken in die Lounge-Fauteuils und warten auf die Kellnerin. Nachdem ich meinen Wunsch nach einer Schischa geäußert habe, ruft sie den Zeremonienmeister herbei. Er kommt und zählt alle Tabaksorten auf, die zur Verfügung stehen. Welche Sorte darf es sein? Ich sage ihm, dass ich keine Erfahrung habe und dass er die Geschmacksrichtung für mich auswählen soll. Wir warten lange. Offensichtlich hat er mich falsch verstanden, denn wir warten noch länger und es kommt noch immer keine Schischa. Um uns herum paffen alle selig. Wir rufen noch einmal die Kellnerin, sie schickt wieder den Zeremonienmeister. Endlich schleppt er eine Wasserpfeife heran, sie glüht schon, er hantiert umständlich daran herum, nimmt einige tiefe Züge, bläst den Rauch mit einer gewaltigen Schwade in mein Gesicht und überreicht mir anschließend feierlich den Schlauch, nicht ohne vorher das Mundstück noch einmal fein säuberlich abgeschleckt zu haben.

„Die Möwe" fand dann doch statt und endete mit einem Pistolenschuss, wie es bei russischen Komödien so üblich ist. Damit der Sprachengebrauch in stabilem Kräftegleichgewicht bleibt, werden im *Puschkin-Theater* alle Stücke in russischer Sprache aufgeführt, im *Sewtschenko-Theater* wird ausschließlich in ukrainischer Sprache gespielt, auch die russischen Stücke. Neben einigen Unterschieden haben die beiden Sprachen ein gemeinsames Problem. Es ist ein philosophisches Problem, welches von mir das „Zeitwort-Raumproblem" genannt wird. Es geht dabei um die Verben. Kein Verb, ob russisch oder ukrainisch, existiert für sich allein. Wie es in der Quantentheorie den Welle-Teilchen-Dualismus gibt, existiert auch das russische oder ukrainische Verb nur als Doppelwesen. Daher benötigt man, um ein deutsches Zeitwort ins Russische oder Ukrainische zu übersetzen, zwei russische beziehungsweise zwei ukrainische Verben. Das macht insgesamt doppelt so viele Zeitwörter als im Deutschen, allerdings für dieselbe Menge an Tätigkeiten. Das ist die Theorie. Nun zur praktischen Anwendung: Die erste Verbvariante sollte man verwenden, wenn man ausdrücken will, dass man die Tätigkeit demnächst beenden wird oder sie bereits beendet hat (Teilchen), beim Gebrauch der zweiten Variante meint der Sprecher, dass diese Tätigkeit noch im Prozess ist und ein Ende nicht absehbar oder nicht vorgesehen ist (Welle). Es würde mich ziemlich beunruhigen, wenn es jemanden geben sollte, der das auf Anhieb versteht. Ich habe es jahrelang nicht kapiert. Es kann zu großen Missverständnissen kommen, wenn man nicht die richtige Verbvariante benützt. Als ich einmal Nastja, Natascha, Olga, Lena und Serhij zum Essen eingeladen hatte, sagte ich auf Russisch zu ihnen: ich koche für euch etwas typisch Österreichisches. Dafür benutzte ich offensichtlich die Wellenform, also kochen, aber nicht fertigkochen. Deshalb dachten alle, ich werde kochen, wenn sie ankommen, ich werde die ganze Zeit kochen, bis sie wieder gehen, zum Essen wird es aber nichts geben, weil ich ja nicht fertig sein werde mit dem Kochen. Deshalb hatten alle vorsorglich zu Hause gegessen und ich bin auf meinem wunderbaren Österreich-Menu sitzen geblieben. Ich habe gehört, dass dieses Zeitwort-Rätsel mit der gigantischen Größe des ehemaligen russischen Reiches zusammenhängt. Wenn man früher einmal ein Wort in Wladiwostok ausgesprochen hatte, dauerte es wochenlang, bis es in Odessa ankam. Deshalb waren exakte Angaben von „fertig“ oder „ewig“, von „einmal“ oder „immer“, von „kurz“ oder „lang“ außerordentlich wichtig. Ganz logisch daher auch, dass das Verb sterben nur in einer, nämlich in der vollendeten Form, existiert.

Nach dem Pistolenschuss fiel die Möwe tot vom Schnürboden.

Um meine Russisch-Kenntnisse zu verbessern, besuche ich das Sprachlabor *Hotspot*, ein Institut für Englisch. Es handelt sich um eine kostenlose Schnupperstunde, die Interessierten sitzen dicht gedrängt im Lehrsaal. Thema ist das englische Adjektiv, erklärt wird auf Russisch. Übersetzungsaufgaben erfolgen vom Russischen ins Englische, die Lehrerin legt großen Wert auf die perfekte Aussprache und lässt „Russian English" nicht durchgehen. Sie lässt die Teilnehmer das Wort immer wieder wiederholen, bis es klappt. Ich höre nur zu und sage kein Wort, weil ich mit meinem gekünstelt russischen Akzent nicht auffallen möchte. In Zusammenarbeit mit der Agentur „Ausflüge für uns" bietet das Sprachlabor auch Stadt-Exkursionen an. Ich wähle den Weg der größten Authentizität und des beträchtlichsten inneren Widerstandes und entscheide mich für eine Führung zu den sieben Weltwundern und zwar in ukrainischer Sprache. Zu den sieben Weltwundern der Stadt gehören ein Denkmal, ein Springbrunnen, ein Kloster, ein Stahlbetonhochbau, ein Wohnhaus mit einer Turmspitze, ein Freiheitsplatz und zwei Kathedralen, die aber als ein Weltwunder gezählt werden.

Natalja

Natalja die Fromme schreibt mir ein E-Mail von ihrer Reise zum *Solowezker* Kloster auf den *Solowezker* Inseln im Weißen Meer im sibirischen Karelien. Dieses Kloster wird auch die „Bastion Gottes“ genannt und befindet sich schon ziemlich weit oben am nördlichen Polarkreis. Natalja ist sehr glücklich. Die Reise ist sehr toll. Sie sind vier Tage mit dem Bus bis Karelien gefahren, dann marschierte die Reisegruppe vier Tage und vier Nächte betend um das Kloster, einen ehemaligen Gulag. Am Rückweg warteten sie zwei Tage an der Grenze, nach erfolgtem Grenzübertritt verbrachten sie wieder vier Tag im Autobus, weil die Quartiere, die von der Reiseagentur gebucht worden waren, wegen der Fußballweltmeisterschaft von Fußball-Fans besetzt worden waren. Natalja ist bekanntlich eine Heilige.

Mein Plan, den Reiseführer zusammen mit den Studenten zu erarbeiten, implodiert langsam. Die Berichte über die Recherchen treffen spärlich oder gar nicht ein und wenn, dann sind sie unbrauchbar. Ich habe nun neben dem Kapitel Friedhof auch alle anderen Unterkunftsmöglichkeiten übernommen, ebenso die Kategorien Gastronomie, Kunst- und Kulturstätten, Sehenswürdigkeiten, öffentlicher Verkehr, Sport- und Vergnügungsstätten, Bildungseinrichtungen, Spaziergänge und Anreise. Genau genommen habe ich jetzt alles am Hals. Etwas verzagt erstelle ich eine Liste mit nützlichen Tipps von A bis Z. Vielleicht kann ich davon selbst einmal einen gebrauchen.

Bei A wie *Apotheken* schreibe ich: Die Stadt hat Millionen Apotheken. Man braucht nur ein paar Schritte zu gehen, dann sieht man an der Fassade oder über dem Hauseingang ein rotes A leuchten. Dort bekommt man alles ohne ärztliches Rezept, was man bei uns nur mit ärztlichem Rezept erhält.

Bei G wie *Geheimtipp* schreibe ich das Passwort für die „Plastilin-Krähe". Es lautet *lepetze ne lepetze*. Dies bedeutet nichts, ist also völlig unsinnig, aber nicht sinnlos. Ich lösche es wieder, da es ja sonst kein Geheimtipp mehr wäre. Stattdessen schreibe ich bei P *Polizei*. Kein Grund zur Sorge. Im Falle eines Falles am besten freundlich scherzen und entspannt dabei lächeln, egal in welcher Sprache, bevorzugt ein gebrochenes Russisch mit ein paar zerquetschten ukrainischen Bruchstücken.

Bei M schreibe ich *Mundstück*. Ich schaue im Internet nach und lese, dass es acht verschiedene Erklärungen für diesen Begriff gibt. Die ersten sieben sind mir bekannt. Die achte Variante kannte ich noch nicht. Es handelt sich dabei um einen Bauteil an Klingenwaffenscheiden.

Bei H gebe ich die Adresse des österreichischen Honorarkonsuls an, unter dem Stichwort *Hilfe*, aber bei diesem Buchstaben wollte ich eigentlich etwas über Hygiene schreiben. Die schönste Toilette der Stadt befindet sich im *Café 27* am Ufer des Charkiw mit Blick auf eine mit zwei großartigen, aber rätselhaften Denkmälern geschmückte Brücke. Zwei stramme, überlebensgroße Gestalten in Bronze glitzern in der Sonne, ihre Blicke schweifen weit über den knatternden Verkehr hinweg in eine unbestimmte Ferne. Im schönsten WC der Stadt gibt es Toilettenpapier, Schuhputzzeug und einen Haartaft.

Bei D plane ich den Begriff *Diplomatenpost*. Unter gewissen Umständen ist es möglich, Pakete oder Briefe von einer Botschaft zur anderen schicken zu lassen, beispielweise über die österreichische Botschaft in Kiew zum österreichischen Honorarkonsulat in Charkiw. Viel sicherer und vor allem schneller als der normale Postweg. Man muss allerdings dem Portier klarmachen, dass man nur die Post abholen möchte und keinen Anschlag plant.

D wie *Dobritzkiy Jar.* Ein wunderschöner, stiller Ort am Stadtrand. Blumen wiegen sich im sachten Windhauch, über sanfte Hügel laden gepflegte Wege zum Spazierengehen ein. Hier wächst das Gras über die Vergangenheit.

Z wie *Zhadan*. Im russischen Alphabet wäre Zhadan nicht an letzter Stelle, sondern bereits an achter Stelle, im ukrainischen Alphabet an der neunten Stelle. Wie bereits erwähnt, schaut der betreffende kyrillische Buchstabe aus wie ein auf den Rücken gefallener Maikäfer und wird als ein super sanftes, stimmhaftes Sch gesprochen, welches nur dann richtig stimmt, wenn die Nasenspitze vibriert. Da es nicht möglich ist, dieses verunglückte Tier im deutschen Alphabet darzustellen, hat man sich für die im englischen Sprachraum übliche Schreibweise Zh entschieden. Trotz der exotisch aussehenden Buchstabenkombination trifft es phonetisch nicht den Nagel auf den Kopf.

Ich surfe auf ukrainischen Internetseiten. Auf gut Glück gebe ich „Mundstück" ein. Sofort erscheint *„мундштук"* („Mundschtuk") – *Erotic Club*, zu finden in der *Hrabovsky-Quergasse 7.* Cedric begleitet mich liebenswürdigerweise. Ich verstehe das Passwort nicht, das Cedric dem Türsteher ins Ohr flüstert. Wir stolpern die Treppe hinunter, gehen ein paarmal in engen Korridoren um einige Ecken und, wie es mir scheint, im Kreis. Dann stehen wir vor einem schmalen, langgestreckten Raum, drängen uns nach vorne und stehen vor einer Bühne, auf der eine siebenköpfige Band Musik macht. Oberhalb der Musiker hängt ein Transparent mit der Aufschrift *„Sobaky w kosmosi"* („Hunde im Kosmos"). Der Sänger – ich erkenne ihn sofort – trägt ein T-Shirt, einen Undercut-

Haarschnitt und hat keine Schuhe an. Mit den bloßen Füßen steht er auf einer Musikbox, die im Rhythmus der Musik wankt, in der Hand hält er ein Mikrophon. Drei Trompeten, ein Keyboard, ein Schlagzeug und zwei E-Gitarren dröhnen. Die Menge johlt. Zhadan singt. Zweifellos auf Ukrainisch und, obwohl ich nichts verstehe, geht mir jetzt endlich ein Licht auf. Das ist die Erfindung des Tumultes im Universum.

Jura

Ich wache auf. Ich bin etwas verwirrt, denn ich habe geträumt, dass ich mich mit Zhadan in der *Avlabar* getroffen habe. Die *Avlabar* ist ein armenisches Restaurant in der *Puschkinskaya* mit hervorragendem Essen und einer Horde armenischer, unrasierter Männer, welche im Zuge ausgiebigen Alkoholgenusses die Liedkunst ihres Landes zum Besten geben. Zhadan strich sich immer wieder den in sein Gesicht fallenden Haarschopf mit einer tatkräftigen Geste rückwärts und erzählte, dass er sehr beschäftigt sei. So erfahre ich, dass sein neuer Roman gerade erschienen ist (er hatte beim deutsch-ukrainischen Literatur-Treffen daraus vorgelesen, was ich aber leider versäumt habe), dass er den nächsten schon in Arbeit hat, ebenso einen Lyrikband, und dass in den kommenden Monaten eine anstrengende Lese-Tournee am Programm steht. Er wisse nicht, woher er die Zeit nehmen sollte für das Libretto. Welches Libretto? Das Libretto für eine zeitgenössische Oper, für die Musik sei ein berühmter zeitgenössischer Komponist engagiert worden. Er heißt Sigmund von Herberstein. Der Komponist? Nein, nicht der Komponist, so heißt der Protagonist und der Titel der Oper. Othello, Mazeppa, Herberstein! Zhadan spricht mit einem deutlich hörbaren, aber extrem charmanten Akzent. Ich tue so, als ob ich den Namen schon einmal gehört hätte. Es handelt sich um eine interessante österreichisch-ukrainische Story, ob ich daran interessiert wäre. Interessiert? An was? Ob ich mir vorstellen könnte, das Libretto zu schreiben, sozusagen als seine, Zhadans, Ghostwriterin. Ich bilde mir ein, dass ich leichenblass im Gesicht werde. Ich weiß nicht mehr, ob ich wache oder träume. Sicher bin ich mir nur, dass das *Mundschtuk* eine ehrenwerte Lounge-Bar mit großartiger Cocktail-Karte und delikatem Speiseplan ist. Zhadan ist ein großartiger Sänger und sagenhafter Poet. Es ist Viertel vor sieben, in Österreich drei viertel sieben, in Wahrheit aber erst drei viertel sechs, es herrscht ja eine Stunde Zeitverschiebung. Um sieben Uhr treffe ich mich mit Olena, der Leiterin des Lehrstuhls für Interkulturelle Kommunikation, die auch im Stadtparlament sitzt und zuständig ist für die Pflege des kulturellen Erbes. In ihrem Gefolge kommen Mischa, ein Professor für ukrainische Volkskunde, sowie Aleksandr, ein Architekt, und wir fahren anlässlich einer Factfinding-Mission zum *Schariwka*-Schloss. Dieses liste ich unter den „Tipps für Ausflüge in die Umgebung", es befindet sich etwa hundert Kilometer westlich von Charkiw. Der Zustand der Straße erfordert ein gemächliches Tempo, was den Chauffeur total nervös macht und mir wunderbare Einblicke gewährt in die kosakischen Vorgärten der Dorfbewohner entlang des Weges. Der imposante Gebäudekomplex des *Schariwka*-Schlosses, den der deutsche Zuckerkönig Leopold König im 19. Jahrhundert hier errichten ließ, ist in einem bemerkenswerten Prunk-und-Elend-Zustand. Fast alles ist verfallen und kaputt, was einmal prächtig und glanzvoll war. Wir schreiten mit eingezogenen Köpfen über morsche Parkettböden unter abstürzenden Stuckdecken und Deckenbalken hindurch, begutachten die ehemaligen Reitställe und die imposante Reithalle, den Thronsaal, den Ballsaal und den Rittersaal. Meine Begleitpersonen haben wieder einen Picknick-Korb mitgebracht, wir prosten uns mit Krimsekt zu, der in Charkiw produziert wird, nagen an gesalzenen Schweinespeck-Stücken und brauchen dann noch unbedingt einen Schluck vom *Horilka*, dem ukrainischen Wodka.

Ich glaube nicht, dass ich alles nur geträumt habe und mache mich, obwohl ich eigentlich an der Fertigstellung des Reiseführers arbeiten sollte, gleich ans Opern-Libretto. Ich habe noch niemals ein Libretto geschrieben und suche im Internet eine Anleitung. In erfahre allerhand nützliche Hinweise, unter anderem, dass es dafür keine Anleitungen gibt, aber dass früher einmal die Librettisten sehr angesehene Künstler waren, künstlerisch viel bedeutender als die Komponisten. Das motiviert mich sehr. Dann entdecke ich die digitalisierten Memoiren des steirischen Adeligen Sigmund von Herberstein, geschrieben im Jahre 1557, in einer mir nicht verständlichen Sprache, ich vermute, es ist Deutsch. Der Text stellt den ersten Reisebericht über das damals ziemlich unbekannte und unerforschte russische Reich dar. Soweit ich ihn trotz fehlender frühneuhochdeutscher Sprachkenntnisse entschlüsseln kann, ist der vom Kaiser Gesandte zweimal von Wien nach Moskau gereist, um dem Zaren Ivan dem Schrecklichen seine Aufwartung zu machen. Unterwegs verlor er zwar die meisten seiner Mitreisenden in Sümpfen, Flüssen und Schneestürmen, er selbst jedoch kehrte gesund und glücklich nach Hause zurück, wurde infolgedessen ein Held und gilt seitdem als erster westeuropäischer Osteuropa-Experte. Als ich lese, dass seine Reiseroute über Polen und das heutige Weißrussland nach Moskau führte und Sigmund daher vermutlich nie in der heutigen Ukraine war, verstehe ich den Konnex mit Zhadan nicht. Dann wache ich endlich auf und beschließe, das Libretto-Projekt sein zu lassen.

Sonntags spaziere ich durch die *Jura-Soyfer-Straße* bis in die *Danilevskaya*, in welcher der deutsche Sprachklub seinen wöchentlichen Sprachstammtisch veranstaltet. Aleksandr schreibt mir jeden Samstagabend über Facebook eine eindringliche Einladung: „Wenn Zeit Sie habe, ich bitten Sie, kommen Sie bitte zu unsere interessierte Treffen". Die *Jura-Soyfer-Straße* ist eine Querverbindung von der *Unabhängigkeits-Avenue* zur *Danilevskaya*, im Vergleich zu den umliegenden Verkehrsadern ein minimaler Besenreiser. Während ich durch diese Straße gehe – man darf sich nicht täuschen lassen, wenn auf dem Straßenschild *Yury-Zojfera-Straße* steht, das sind nur die Genitiv-Endungen, und sie ist exakt fünfhundertsechsundsiebzig Meter lang – hoffe ich auf Inspiration. Meine Lektoren-Kolleginnen in Kiew und Lwiw geben zweimal im Jahr die Studentenzeitung „Brücke" heraus und ich darf für die kommende Ausgabe einen Beitrag schreiben. Weil ich mir als Beitragsthema den Schriftsteller Jura Soyfer ausgesucht habe, der in Charkiw geboren wurde, in einem Haus, in dem heute die fabelhafte Kantine *Koniki* einquartiert ist, suche ich nun nach einem investigativen Text. In der nach ihm benannten Straße gibt es einen Schönheitssalon, drei oder vier Apotheken, ein Optiker-Geschäft, einen Gemischtwarenladen, ein kinesiologisches orthopädisches Zentrum für Rehabilitation und Prophylaxe und ein Passamt. Ich liebe diese Straße, denn sie hat einen Anfang und ein Ende, ist soweit ganz gut überschaubar und bringt mich auf weiterreichende Gedanken. Sie reichen bis zur *Danilewksi-Straße* und diese entpuppt sich als außergewöhnlich aufschlussreich. Benannt ist diese ins Unendliche führende Straße nach einem gewissen Nikolay Jakowlewitsch Danilewski, der mir auf Wikipedia mit Rauschebart und grimmigem Blick entgegenschaut. Ein alter Kosake, wie ich erfahre, seine Eltern sind beide an der Cholera gestorben. Er hat ein Buch mit dem Titel „Russland und Europa" verfasst, in dem er den slawischen Charakter dem europäischen gegenüberstellt. Er kommt zu dem nicht überraschenden Schluss, dass der Russe ein sehr friedliebender Mensch sei, der Europäer im Gegensatz dazu intolerant, grausam und dekadent. Ich beschleunige meine Schritte, damit ich rechtzeitig beim deutschen Stammtisch-Treffen in der Bibliothek erscheine, vorher möchte ich aber noch das Buch dieses Herrn Nikolay Danilewski ausleihen. Wenn es unbedingt sein muss, dann halt auf Russisch.

Ungefähr in der Mitte der Straßenlänge quert eine Straße, die *Tschitschibabina* heißt. Dafür gibt es zwei Erklärungen. Aleksej Jewgenjewitsch Tschitschibabin war ein noch im russischen Zarenreich geborener, ukrainischer Chemiker, nach dem die Tschitschibabin-Reaktion benannt ist. Boris Aleksejewitsch Tschitschibabin hingegen war ein russischer Dichter, über welchen im deutschsprachigen Wikipedia kein Eintrag zu finden ist, aber da ich über eine kyrillische Tastatur verfüge und des russischen Alphabets nun schon halbwegs mächtig bin, schnüffle ich ins russische Wikipedia hinein und erfahre dort, was ich wissen will. Boris Tschitschibabin war ein sowjetischer Dichter und Preisträger des Staatspreises der UDSSR, der in Charkiw lebte und zu den berühmtesten und beliebtesten Mitgliedern der künstlerischen Intelligenz der Stadt zählte. Sein Gesicht schaut mir gleichfalls aus der Wikipedia-Seite in die Augen und ich bin wie vom Donner gerührt. Die Ähnlichkeit mit Zhadan ist frappierend! Boris Tschitschibabin schaut aus wie Zhadan mit Bart, oder zumindest wie dessen unrasierter Zwillingsbruder! Er ist einem Roman von Zhadan entsprungen, oder – um die Chronologie nicht zu verletzen, besser umgekehrt – er ist in einen Zhadan'schen Roman hineingesprungen und wetzt sich dort, am struppigen Pflaster von Charkiw, den Hosenboden ab. Ich möchte ihn gerne besuchen und gehe zu diesem Zwecke zum Friedhof Nummer zwei, kann aber das Grab nicht finden.

Sofia

Bei der Vorbereitung auf die nächste Unterrichtsstunde frage ich mich, warum ich meine Studenten nicht für das Libretto-Projekt einspannen sollte. Voller Tatendrang marschiere ich in den Vorlesungsraum und beginne sofort mit der Vorentlastung. Lehrende sollen die sogenannte Vorentlastung an den Beginn jeder Unterrichtseinheit stellen, sie ist der didaktische Schuhlöffel, die ein sanftes Hineingleiten in den Unterricht ermöglicht. So wird vermieden, dass Studierende überfallsartig mit Informationen konfrontiert werden, und die Gehirne sich gewaltlos an den Lernstoff gewöhnen können. Ich schreibe groß das Wort „OPER“ auf die Tafel. Sofort werden meine Finger kreideweiß. Was fällt Euch zum Begriff Oper alles ein? Jetzt sollte das Mind-Mapping folgen. Das ist eine Assoziationskette, aber die Studierenden wissen es noch nicht und ich blicke in stumme Gesichter. Wer von euch war schon einmal in der Oper? Niemand. Im Theater? Zwei zeigen zaghaft auf. Was fällt Euch dazu ein? Mind-Mapping ist ein äußerer Spiegel innerer Denkfähigkeit. Die Ideen tröpfeln vereinzelt und ich bekomme mit Müh und Not ein hutzeliges Assoziationsbäumchen hin. Um der Situation noch eine glückliche Wendung zu geben, lade ich alle ein, mit mir in ein Theaterstück zu gehen. Ideal dafür erscheint mir das *Teatr Arabesk*, das einzige Theater in Charkiw, das Stücke von Jura Soyfer spielt. Der Theaterraum befindet sich in der *Hromadyanska 16*, wir vereinbaren, uns dort zu treffen. Auf der Hausnummer 16 finden wir keinen Eingang, kein Türschild, ehrlich gesagt, auch keine Hausnummer, wir können sie nur erraten. Alle stehen wir herum, jeder rubbelt an seinem Smartphone, dies ergibt nun plötzlich ganz eine andere Adresse, nämlich *Charkiwska Nabereschna 5*, das ist nicht sehr weit weg, nur auf der anderen Seite des Häuserblocks. Geschlossen pilgern wir dorthin, es ist kalt, wir gehen noch einmal rundherum, schauen in alle Hinterhöfe, gehen Hintertreppen hinauf und hinunter. Nichts. Weil um die Ecke ein Anti-Café ist, gehen wir dorthin. In einem Anti-Café zahlt man nicht für die Konsumation, sondern für die Zeit, die man sich im Lokal aufhält. Die Getränke und Imbisse sind gratis. Wir trinken in kürzester Zeit literweise Kaffee und essen alle Keksvorräte auf. Im Anti-Café kann man Fernsehen, Musikhören, Spielen, Lesen, Schreiben, Reden, Essen, Trinken und Schlafen.

Sofia treffe ich dreimal in der Woche. Nun möchte sie auch noch die Deutsch-Matura mit der besten Note abschließen und fragt mich, ob ich mit ihr wieder ein bisschen üben könnte. Wir treffen uns im *Café Fluid*, im dritten Stock des Einkaufszentrums *Ave Plaza*. Sofia ist wie immer tipptopp gekleidet. Sie bringt einen dicken Fragenkatalog mit, den sie für die Matura vorbereiten muss. Nachdem wir alles durchgeackert haben, weiß ich alles über Sofia. Sie liebt die Natur, weiß nicht, was Mülltrennung ist, tanzt in einer ukrainischen Volkstanzgruppe, und es ist ihr grundsätzlich egal, ob sie Russisch oder Ukrainisch spricht. Zu Hause und im Freundeskreis unterhält man sich auf Russisch, der Schulunterricht und die Prüfungen sind auf Ukrainisch, was sie aber nervt, weil manche Lehrer nicht gut Ukrainisch sprechen und es außerdem keine guten Unterrichtsmaterialien auf Ukrainisch gibt. Sofia hat es immer eilig, weil sie neben der Schule und meinem Nachhilfeunterricht noch einen Business-Kurs besucht, an einer englischen Konversationsgruppe teilnimmt und außerdem Klubmeisterin im Windsurfen ist. Die kommenden zwei Wochen treffen wir uns nicht, weil sie auf die Krim fährt. Dort trainiert sie für die nächste Klub-Meisterschaft. Ich frage sie, wie das jetzt so ist auf der Krim, und sie sagt, sehr schön. Die Strände seien supergut zum Surfen. Sie fährt jedes Jahr mehrmals dorthin. Ihre ältere Schwester arbeitet auf den Malediven, die andere Schwester hat einen türkischen Freund und lebt nun in Istanbul, Sofia ist die jüngste und einzige Tochter, die noch zu Hause bei den Eltern ist. Wir gehen zusammen auf ein Street-Food-Festival in ein aufgelassenes, sehr kreativ aufgemöbeltes Fabriksgelände. Wenn Sofia ihre Haare offen trägt, fallen sie bis zum Hosenbund. Sie lässt sich bei einem Friseur- und Rasurstand Zöpfe flechten, es dauert über eine Stunde, ich warte und schaue zu und esse ein warmes *Chatschapuri* mit Ei. *Chatschapuri* ist wie Pizza, schmeckt aber viel besser.

Im ersten Stock des Gebäudes in der *Puschkinska 54* befindet sich das türkische Konsulat, der zweite Stock beherbergt das Spracheninstitut namens „Deutsches Zentrum". Hier unterrichtet Natalja Deutsch. Sie nimmt auch die Prüfungen für das Österreichische Sprachdiplom ab und sucht, da bei jeder Prüfung zwei Prüfer anwesend sein müssen, eine weitere Person, die zum Prüfen berechtigt ist. Ich schicke ihr meine Prüfungslizenz und notiere mir den Prüfungstermin. Die Lehrsäle sind im Untergeschoß und sind nach deutschen und österreichischen Städten benannt. Da im Raum „Innsbruck" gerade Unterricht ist, findet im Raum „Stuttgart" die Prüfung statt. Pünktlich erscheinen sechs zu Prüfende, einer davon ist Artem. Ich bin mir nicht sicher, ob er oder seine Eltern sich die Prüfungsgebühr wirklich leisten können und erfinde daher ein Stipendium, welches die Hälfte der Gebühr übernimmt. Wir verteilen die Prüfungs-Unterlagen, dann sitzen wir sieben Stunden im Keller, schauen durch einen schmalen Fensterschlitz auf die Straße und zählen die vorübertrappelnden Fußgänger. Wir flüstern, um die Prüflinge nicht zu stören. „Der Besitzer von hier ist wahnsinnig reich“ wispert Natalja (dieses „wahnsinnig“ hat sie bei mir gehört und sofort übernommen, keine Ukrainerin sagt aus freien Stücken „wahnsinnig“). „Er hat das Institut gekauft, damit seine Freundin eine Beschäftigung hat. Sie ist hier die Chefin, lebt aber in Kiew und kommt nur einmal im Monat hierher.“ Interessant. „Wie schaut er denn aus?“ wispere ich zurück. Natalja versteht die Frage nicht. „Ist er jung? Oder schon alt?“ „Er ist jung!“ „Und sie, wie ist sie so?“ „Auch noch jung.“ „Wie heißt sie?“ „Katja“. Es bleibt diesmal nur bei einem kleinen Bruchteil der Geschichte, erstens, weil sie für eine richtige Oligarchen-Geschichte zu langweilig ist, und zweitens, weil die Zeit abgelaufen ist und wir die Prüfungsbögen einsammeln müssen.

Nach zwei Wochen meldet sich Sofia wieder auf Whatsapp. „Haben Sie Zeit zu treffen?“ Im *Fluid* erzähle ich ihr vom Libretto, die Frage beschäftigt mich noch immer, was zum Teufel dieser Herberstein mit Zhadan und der Ukraine zu tun hat? Gemeinsam googeln wir „Österreicher & Ukraine & Charkiw“ und finden einen Wilhelm von Habsburg. Nun ist alles klar. Elena hat die Namen durcheinandergebracht. Erzherzog Wilhelm aus dem österreich-ungarischen kaiserlich-königlichen Hause ist in Pola, im heutigen Kroatien geboren und in Kiew gestorben. Er wollte König der Ukraine werden. Im Wikipedia-Text wird behauptet, dass er fließend Ukrainisch sprach und dass sein Leben bestimmt war vom Kampf um die Unabhängigkeit der Ukraine von der Sowjetunion. Er kleidete sich vorwiegend als Kosake und fiel dem Stalinismus zum Opfer. In diesem Moment erscheint Artem. Wie immer trägt er eine Aktentasche, Bürstenharschnitt und schmutzige Schuhe. Er ist achtzehn Jahre alt und seine Frisur weist bereits das weit verbreitete Merkmal ukrainischer, männlicher Haaransätze auf: Geheimratsecken. Ich recherchiere im Online-Wörterbuch LEO, was Geheimratsecken auf Russisch heißt. Wie ich befürchtet habe, ist es ein vergleichsweise fantasieloser Ausdruck, der wörtlich übersetzt „Zur Glatze“ bedeutet. Das Vokabel lautet *salisini* und ruft das Problem mit dem i hervor.

Das Vorhaben, ein Libretto zu schreiben, gebe ich nun endgültig auf.

Max Rosenfeld

Weil irgendetwas mit meinem Arbeitsvisum und mit meiner Aufenthaltsbewilligung doch nicht geklappt hat, bin ich jetzt schon seit einigen Wochen illegal im Land. Das erfahre ich von Herrn Khrapynov, der Vizerektor und Leiter des „International Office" der Universität ist. Ich werde zu ihm zitiert. Er sitzt mit aufgekrempelten Ärmeln und losem Krawattenknopf hinter seinem pompösen Schreibtisch in einem Drehfauteuil aus Leder und telefoniert, ich sitze am anderen Ende des Schreibtisches auf einem Holzstuhl und lausche. Ich verstehe kein Wort, allerdings ahne ich etwas. Die Gesichter meines Unterstützungs-Komitees sind kreideweiß geworden, nachdem ich ihnen die Neuigkeit mitgeteilt habe. Nach einem halbstündigen Telefonat erklärt mir Herr Khrapynov, dass es an und für sich jetzt kein so großes Problem wäre, allerdings könnte ich bei der Ausreise aus der Ukraine an der Passkontrolle Schwierigkeiten bekommen. Es könnte sein, dass ich eine Geldstrafe bekomme und außerdem ein Einreiseverbot für zwei Jahre. Um das zu verhindern, müsse man die Strafe schon im Voraus bei der Charkiwer Aufenthaltsbehörde bezahlen. Er ruft seine Sekretärin, mit der ich zur zuständigen Dienststelle marschiere. Dort schreibt man ein zehnseitiges Protokoll, welches aber der Herr Vizerektor selbst unterschreiben muss und dazu müsse er persönlich erscheinen. Wir gehen zurück zur Uni, machen Herrn Khrapynov in der Kantine beim Mittagessen ausfindig und organisieren ein Taxi, das ihn zur zuständigen Amtsstelle befördert. Nach einigem Palaver klettert er ins Taxi, unterschreibt das Protokoll, bezahlt die Strafe und fährt zurück in die Kantine. Wir warten noch auf den Bescheid, mit dem ich angeblich gefahrlos aus- und wieder einreisen kann, und ich mache mich zu Fuß auf den Rückweg.

Unterwegs drückt mir ein Prospektverteiler einen Werbe-Folder der Reiseagentur „Wunderbare Nähe" in die Hände. Sie bietet geführte Spaziergänge in der Stadt und Ausflüge in die Umgebung an. Das Büro befindet sich am *Ploschad Konstitutii*, im Palast der Arbeiter, 2. Stiege, 3. Etage, Türnummer 23. Nach kurzer Zeit stehe ich vor dem Palast, betrete ihn und fühle mich in die UdSSR der Dreißigerjahre versetzt. Allerdings ließ ein Plan von Stalin in diesem Jahrzehnt fast die gesamte Einwohnerschaft von Charkiw verhungern, deshalb steige ich gleich wieder aus der Zeitmaschine und wähle die Vierzigerjahre. Ob es da nahrungsmittelmäßig viel besser war, weiß ich nicht. Jedenfalls wurde in diesem Jahrzehnt von Stalin der Zuckerbäcker-Stil erfunden, das erinnert immerhin an etwas Essbares. Ein riesiges Treppenhaus, unzählige Stufen, Gänge, Türen, die alle verschlossen sind oder diesen Eindruck erwecken. Das Büro „Wunderbare Nähe“ hat, wie auf einem Zettel an der Tür zu lesen ist, jetzt geöffnet. Ist es aber nicht. Ich gehe wieder auf die Straße und betrete den Hauseingang direkt gegenüber. Er führt zur staatlichen Musikakademie, ich schwindle mich an der *Babuschka* vorbei, schleiche in den zweiten Stock zum kleinen Vortragssaal und platze in die Vorspielstunde einer Klavier-Klasse hinein. Ich bin nicht das erste Mal hier. Nach langen Spaziergängen und wenn es draußen kalt ist, gönne ich mir eine musikalische Vorspielstunde. Letztens gab es Cello. Das Publikum nickt mir freundlich zu, ich setze mich leise und schnell und verbringe den Nachmittag mit Klatschen, Bravorufen und Bangen, dass das Lampenfieber den jungen Musikern nicht die Finger klapprig macht. Anschließend gehe ich noch einmal in die *Hromadyanska*, ich will noch einmal versuchen, das Theater *Arabesk* zu finden. Ich wandere viermal um den Häuserblock und gehe dann unverrichteter Dinge durch die *Goldberg-Straße* zur *Feierbach-Gasse,* die ich immerhin ohne Stolpern aussprechen kann, und erreiche schließlich eine Litfaßsäule, an der ein Plakat mit der „*Mundstuck*“-Werbung klebt. Rundherum flattern noch viele andere interessante Plakate und Zettelchen, auf einem werden Haare gesucht (gegen Bezahlung), auf einem anderen wird die Komödie „Testosteron“ von Oleksii Westinskii im Theater *Schewtschenko* angekündigt. Heute Abend ist die Premiere, ich kehre auf der Stelle um und gehe in Richtung *Schewtschenko*-Theater. Das finde ich bestimmt.

Auf dem Weg dorthin beschäftigt mich der Buchstabe I. Genauer: das kleine i. Es gibt hierzulande nämlich ein I ohne Punkt und ein I mit Punkt. Der Gipfel dieser i-Tüpfelei ist aber, dass es auch ein I mit zwei Punkten gibt. Ich war natürlich verrückt, als ich behauptet habe, dass sich die russische und die ukrainische Sprache nicht großartig voneinander unterscheiden. Alle Sprachen, die sich aus ideologischen Gründen voneinander unterscheiden müssen, weisen riesengroße Unterschiede auf! Ein anderes Problem ist die Wiedergabe dieses Is in unserem Alphabet. Meist wird das gemeine I als y transkribiert, was wir üblicherweise eher als Ü aussprechen. Dieses kyrillische И ist aber ein klares, helles I! Das ukrainische I ohne Punkt, im russischen Alphabet ein ы, gibt es im deutschen Alphabet als Laut nicht, es bewegt sich irgendwo – oder eigentlich ziemlich genau – zwischen „hö“ und „hä“. Und das dritte I ist ausgesprochen ein Ji, besitzt im russischen einen Hatschek (Й), und im Ukrainischen einen liegenden Doppelpunkt oben drauf.

Selbstverständlich gibt es in beiden Sprachen auch noch einen eigenständigen Buchstaben Ju (Ю) und einen Ja *(Я)*. Manchmal bringe ich alles ein wenig durcheinander.

Wir schicken die Prüflinge nach Hause und machen uns an die Korrektur und die Bewertung. Ich bewerte die Bögen von Tatjana, Sascha und Julia. Sie sind Schüler und Schülerinnen von Natalja. Natalja bewertet meine Schüler, einer davon ist Artem. Alle haben bestanden, die Unterlagen und unsere Bewertung werden nun an die zuständige Stelle in Österreich geschickt, welche die Zertifikate ausstellt. Unterwegs zur Metro-Station läutet mein Handy, die Sekretärin des „Deutschen Zentrums" ruft mich an, ich soll noch einmal zurückkommen, die Chefin sei gerade gekommen und wolle mit mir reden. Ich gehe zurück, ich muss noch etwas warten, dann tritt Katja auf die Bühne und teilt mir mit, dass sie mir keine Prüfungsgebühr bezahlen kann, weil nur sechs Prüflinge angetreten sind, und sie müsse hier Miete bezahlen und es bleibe ihr sowieso nichts.

Das Wetter ist fantastisch und ich mache einen Ausflug in den Botanischen Garten. In der Mitte steht ein Brunnen mit einem Wasserbecken, das von Männern und Frauen in Badehose und Bikini als Swimming-Pool genützt wird. Hier ist das

Wasser gratis und daher sieht man viele Plastikflaschen und Kanister tragende Menschen, die mit dem Auto hierher kommen, die Behälter füllen, zum Auto schleppen und wieder nach Hause fahren. Vielleicht verkaufen sie es den Nachbarn. Ich habe kein Leergut bei mir, daher laufe ich ohne Wasser den Hügel hinauf und erreiche am Gipfel die Seilbahnstation. Hunderte bunte Mini-Gondeln, in die maximal zwei Personen passen, schweben wie Luftballone hoch über der Stadt vom Botanischen Garten bis zum Gorki-Park. Dort hilft mir ein diensteifriger Charkowiter, aus der recht flott dahinsausenden Blechbüchse zu springen.

Ich wandere zum Bahnhof, marschiere im Inneren des Bahnhofgebäudes, dessen Gesamtlänge mehr als einen Kilometer beträgt, weiter. Jeden Abend fährt ein Zug nach Baku, der Hauptstadt von Aserbeidschan, ab. Da mir die Fahrtdauer von vierzig Stunden zu lang ist, kaufe ich ein Ticket erster Klasse nach Kiew, um etwas die Tapeten zu wechseln. Ich darf gratis im Erste-Klasse-Warteraum Platz nehmen. Der Warteraum hat die Ausmaße eines königlichen Palastsaales, ich sinke in einen gepolsterten Lederfauteuil und betrachte die schweren Samtvorhänge, dabei fällt mir auf, dass die gesamte prachtvolle Einrichtung schon ziemlich abgewetzt und verschlissen ist. Mein Zug fährt aber erst morgen, ich hieve mich aus den kaputten Fauteuil-Federn und gehe zum beliebtesten Treffpunkt der Stadt, dem Thermometer. Unter diesem überdimensionierten Messgerät, das an einer Hausfassade befestigt ist, beginnt die Stadtführung mit Max Rosenfeld. Er spricht russisch, deshalb verstehe ich einiges, aber nicht so viel, wie ich gehofft habe, denn er spricht unglaublich schnell und offensichtlich sehr lustig, denn alle paar Minuten lachen seine Zuhörer schallend. Ich lache erst vor der Villa des jüdisch-orthodoxen Architekten Moissei Jaklowlewitsch Ginsburg mit. Am Giebel sieht man noch den Davidstern, wir verrenken uns den Hals, um ihn zu erspähen, und lachen uns fast kaputt, als Herr Rosenfeld erzählt, dass das Haus später, als die Familie Ginsberg nicht mehr da war, zuerst als Kinderschwimmbad und anschließend als Bordell genutzt wurde.

Vor meiner Abreise mache ich reinen Tisch. Ich verschenke fast mein ganzes Hab und Gut. Die Brotback-Maschine gebe ich Vera, meine Bücher überantworte ich Olga, Olga, Natalja, Natalja und Natascha, meine Winterkleidung stopfe ich in einen großen Sack und stelle ihn vor die Haustür, so, wie man es mir geraten hat. Aber was mache ich bloß mit all den Abschiedsgeschenken? Ich lasse sie nur ungern zurück, obwohl ich jetzt schon weiß, dass ich zu Hause auch nicht wissen werde, wohin damit. Die handbestickte, grün-orange-violett schillernde Ikone muss hier bleiben, sie nimmt zu viel Platz ein im Koffer, der zwanzig Kilogramm schwere Band der Geschichte der Universität mit den Fotos und Biographien aller bisherigen Rektoren, Vizerektoren und sonstigen Direktoren bleibt auch als nationales Kulturgut im Lande. Ebenso der bemalte Folklore-Teller und, so leid es mir tut, die Bonbonschachteln der Firma „Roshen". Der Markenname dieser Köstlichkeit ist der mittlere Teil des Namens des ukrainischen Präsidenten Poroshenko. Ihm gehört die größte Schokoladenfabrik der Ukraine, er hat sie für die Dauer seines Präsidentendaseins seiner Ehefrau zugeeignet. Die Wyschywanka nehme ich mit, ich knülle sie zu einer Kugel und knuddle sie in ein Luftloch in meiner Reisetasche.

Ein letztes Mal gehe ich noch ins *Kino Bommer.* Olena, Olga und Natascha haben mir den Film „Gut geschwitzt" aus dem Jahre 1975 empfohlen. Olena behauptet, der Film heiße „Ironie des Schicksals", aber Natascha besteht darauf, dass er „Mit leichtem Dampf" heißt. Im Internet lese ich, dass es eigentlich „Gratulation zur Sauna" bedeutet. Er handelt von vier betrunkenen Russen, die in einem Dampfbad die Silvesternacht durchfeiern. Es geht also um sowjetischen Humor. Am

Tag darauf wacht einer von ihnen erstaunlicherweise in einer völlig fremden Stadt in einem völlig fremden Bett auf. Wie es dazu kommt und zu welchen enormen Verwicklungen dies führt, hatte zur Folge, dass sich die gesamte Einwohnerschaft der Sowjetunion, vom Schwarzen Meer bis zur ostsibirischen See, ab der bolschewistischen Revolution bis hin zur Perestrojka und über diese hinaus, vor Lachen den Bauch hielt. Der Betten-Irrtum konnte nur deshalb stattfinden, weil in allen Städten der ehemaligen UdSSR alle Wohnhäuser, alle Hausnummern, alle Türen, alle Stiegenhäuser, alle Türschilder, alle Toiletten und alle Betten sich glichen wie ein Ei dem anderen. So konnte es tatsächlich passieren, dass man zum Beispiel in Dnjepropetrovsk in einem Wohnblock in der Leninstraße 147, Block 7, Eingang 5, Stiege 4, Tür 13 wohnte und im tausende Kilometer entfernten Nowosibirsk, aus welchem Grund auch immer man sich dorthin verirrt hatte, an die genau gleiche Adresse fahren und dort, vor allem wenn man nicht mehr ganz nüchtern war, sich torkelnd, aber glücklich in sein vermeintlich eigenes Bett legen konnte. Sofort habe ich, vom Kino nach Hause gekommen, zur Sicherheit mein Bett mit meinem Namen beschriftet und ein Foto dazu geheftet. So kurz vor der Abreise, kommt doch noch die Angst gekrochen.

School Pub

Mit Serhij habe ich seit unserem Libretto-Gespräch leider keinen Kontakt mehr gehabt. Manchmal schaue ich mir auf Youtube Interviews und Lesungen mit ihm an. Sein Deutsch ist noch besser geworden, um seinen Akzent beneide ich ihn sehr. „Testosteron“ war übrigens unfassbar lustig.

Nikolay ist ein stattlicher Mann, groß und ehrfurchtsgebietend. Vermutlich ist er einer der stattlichsten, mit Sicherheit ist er einer der höflichsten Männer dieser Stadt. Hier ist er als Sohn eines Arztes geboren und aufgewachsen. Er nimmt mir alles ab, was ich trage („Geben Sie mir Ihren Koffer, Ihre Tasche, Ihren Mantel“), hilft mir, die Tür aufzusperren („Warten Sie, ich mache das“) und beschimpft für mich einen Passanten (ich verstehe den Wortlaut leider nicht), der sich in der Metro vorgedrängt hat. Während er mich zum Flughafen chauffiert und wir über eine Brücke fahren, frage ich ihn, wie der Fluss heißt. Nikolay weiß es nicht. Ich schaue auf Google-Map und lese, dass es der *Udy* ist. Das ist dann schon der dritte Fluss, der durch diese Steppe fließt. Das deutsche Wort Steppe kommt vom russischen Wort *step*, was baumlose Krautlandschaft bedeutet.

Cedric fliegt nach Japan. Seine Frau ist Ukrainerin und arbeitet an einer Universität in Tokyo als DAAD-Lektorin. Nach vierzehn Tagen kommt er völlig geschafft nach Charkiw zurück, fährt vom Flughafen mit dem Taxi direkt in das „School-Pub“, eine Kellerloch-Kneipe im Hinterhof, in der es verboten ist, Russisch oder Ukrainisch zu reden. Der Wirt ist Engländer oder zumindest würde er gerne einer zu sein. Hier zeigt Cedric jeden Mittwoch deutsche Filme, das Zielpublikum sind ukrainische Interessierte an deutschen Filmen. In diesen findet meistens eine Weltmeisterschaft in rasend schnellem, silbenverschluckendem Nuschel-Sprechen statt. Ohne Untertitel habe selbst ich, obwohl mit relativ hohem muttersprachlichen Niveau gesegnet, keine Chance, den Dialogen zu folgen. Das restliche Publikum gafft perplex auf die Leinwand. Was ist das für eine Sprache?

Vadim hat es geschafft, ein Sommer-Stipendium für Deutschland zu bekommen, um seine Deutschkenntnisse zu festigen. Nun fährt er für drei Wochen nach Magdeburg. Artem hat ebenfalls in letzter Minute ein Stipendium ergattert. Er fährt auch nach Magdeburg und unterhält sich dort mit Vadim und einem dritten ukrainischen Studenten auf Russisch über die Magdeburger.

Martin nimmt sich im Juni eine Woche Urlaub, weil er Karten für die Fußball-WM in Russland hat. Mit ein paar Kumpeln fliegt er nach Moskau und wieder zurück, der Reiseverkehr zwischen Russland und der Ukraine ist für den Zeitraum, in dem die Weltmeisterschaft stattfindet, sehr vereinfacht worden. Danach fährt er mit seiner Familie nach Österreich auf Urlaub.

Elena hat schon wieder eine interessante Information für mich. An der *Strelka* wird abends Salsa getanzt. Die *Strelka* ist der Landspitz über dem Zusammenfluss des Charkiw mit dem Lopan. Auf den beiden Flüsschen schaukeln kleine Ausflugsboote, im Ufer-Café mit angeschlossener Pizzeria bekommt man keinen Platz mehr und wir setzen uns ins Gras und warten auf die Tänzer.

Sigmund fuhr mit einer Kutsche über eine Brücke, es war auf der Höhe von *Smolensk*. Der Boden war gefroren, die Pferde rutschten aus und die Kutsche schlitterte in den eiskalten Bach. Zwei seiner Begleiter ertranken, drei erkälteten sich so sehr, dass sie vier Tage später starben, und als die Reisegesellschaft sich endlich Moskau näherte, ritt ihnen ein vom Zaren geschickter hoher Würdenträger entgegen. Als sie sich trafen, wurde stundenlang über das Begrüßungszeremoniell diskutiert. Die Etikette schrieb vor, dass der im niedrigeren

Rang Stehende dem Höhergestellten entgegengehen musste. Keiner von den beiden konnte sich aufraffen, als erster aus der Kutsche zu steigen.

Von Aleksandr habe ich nichts mehr gehört und gelesen, seitdem ich meinen Facebook-Account gelöscht habe. Über seine Kindheit als Sohn eines Sowjetoffiziers in der DDR hätte ich gerne mehr erfahren. Auch weitere Einblicke in amerikanische Weltverschwörungs-Theorien hätten mir nicht geschadet.

Mit Olga wandern wir durch die Lange Nacht der Museen. Wir marschieren kilometerweit und stundenlang. Sie hat nur Flip-Flops an den Füßen und humpelt schon schrecklich. Wir steigen in die Straßenbahn ein und bemerken nach einiger Zeit, dass sie nicht dorthin fährt, wo wir hinwollen. Olga erkundigt sich und erfährt, dass wegen einer Schienen-Reparatur die Strecke geändert worden ist.

Anja und Olja schenken mir zum Abschied einen gehäkelten Tischläufer und eine Fotokopie einer Fotografie eines Porträts von Anton Tschechow. Für die Reise habe ich einen Vakuumbeutel besorgt. Ich werde ihn mit allen Sachen, die ich nach Hause mitnehmen will, vollstopfen, mit dem Staubsauger die Luft herausziehen und so den Sack mitsamt dem Inhalt auf eine gepresste Scheibe zusammenschrumpfen, die ich dann in den Koffer lege. Das ist wirklich sehr platzsparend.

Stanislav treffe ich zufälligerweise am Rad-Tag. Er hat auch ein Fahrrad. Die *Sumskaya* ist für den Autoverkehr komplett gesperrt, alles Radfahrzone. Wie im Paradies. Wir fahren gemeinsam bis ans andere Ende der Stadt, durch den großen Park, entlang einer stillgelegten Eisenbahn. Auf dem Geleise sitzt ein Mädchen und weint. Mein Rad ist komplett dreckig. Bevor ich es Natalja gebe, trage ich es noch einmal in die Wohnung, hebe es in die Badewanne, schamponiere und dusche es.

Felix ist mit einer Ukrainerin verheiratet, die aber in Deutschland lebt. Er möchte in Charkiw bleiben, sie möchte nicht nach Charkiw kommen. Wir machen ein letztes Mal zusammen Tonaufnahmen, Felix verbessert meine deutsche Aussprache. Ich soll für China „Schina“ und nicht „Kina“ sagen, und grammatikalisch richtig sei „ich habe gesessen“ und nicht „ich bin gesessen“.

Artem schickt mir zu Weihnachten nach Österreich ein Paket mit vielen bunten Bonbons und Sonnenblumenkernen. Als er uns besucht hat, habe ich ihm erzählt, dass die ukrainischen Sonnenblumenkerne die besten auf der ganzen

Welt sind. Artem wird übrigens *Artjom* ausgesprochen, weil das E in diesem Fall weich ist und nicht hart.

Wowa und Aljoscha sind krank und können nicht in den Kindergarten gehen. Anja geht auch nicht arbeiten, sie bleibt mit den Kindern zu Hause. Sie schreibt mir, dass sie die Garage nicht mehr mieten können, weil die Miete erhöht wurde.

Mit Vera gehe ich zur *Masleniza* – der traditionellen Puppenverbrennung am Ende des Faschings – auf den Freiheitsplatz. Wir verspäten uns, von der Puppe ist nur mehr ein rauchender Haufen übrig. Wir haben noch einige andere Dinge zu erledigen. Vera hat jetzt auch der Besichtigungsehrgeiz gepackt und wir erstellen einen Arbeitsplan. Wir müssen noch auf den deutschen Soldaten-Friedhof sowie zum sowjetischen Denkmal-Friedhof, zum Frauengefängnis *Katschanowka*, ins Tschernobyl-Museum und in den Stadtteil Neues Bayern.

Natalja wünscht sich, endlich einen Mann zu haben. Sie ist schon über dreißig. Am liebsten wäre ihr ein Priester und zwar am besten jener, der in der Kirche gleich bei ihr um die Ecke arbeitet. Jeden Sonntag besucht sie die Messe, sie dauert drei Stunden. Danach plaudert sie noch mit dem Kirchenmann, der ihr Anweisungen für einen richtigen, orthodoxen Lebensstil erteilt. Das braucht sie wie die Luft zum Atmen, sagt sie.

Jura läuft über die *Deutsche Straße*, die später einmal *Sumskaya* heißen wird, es ist schon dunkel und kalt. Er läuft bis zur schönen Villa mit der Hausnummer einundzwanzig, in der er mit seinen Eltern und seinen Geschwistern wohnt. Als er ankommt, ist seine Familie nicht zu Hause. Das Dienstpersonal teilt ihm mit, das die Eltern abgereist sind. Nach St. Petersburg. Von dort kommen sie erst in zwei Jahren wieder zurück. Wenig später verlassen sie wieder Charkiw und zwar für immer. Jura fährt diesmal mit, die Reise endet in Wien.

Sofia meldet sich nicht mehr. Sie hat ihre Telefonnummer gewechselt, ich kann sie nicht erreichen.

Max Rosenfeld spricht kein Deutsch und kaum Englisch. Seine Stadtführungen sind grandios, er weiß so viel und er weiß so viel Lustiges. Falls man an seiner Stadtführung teilnimmt, sollte man ziemlich gut Russisch verstehen können. Dann kann man feststellen, dass die seltsamsten Buchstaben des russischen Alphabets die Zischlaute „tsche“, „scha“, und „dscha“ sind. Das hört sich leicht an, ist es aber nicht. Aber man kann es üben, indem man das ukrainische Wort *mundschtuk* ausspricht. Und wenn man beim zweiten U die Lippen spitzt, wird es zum deutschen „*Mundstück*“.

Beim Ö1-Kurzhörspielwettbewerb kam unser Beitrag nicht in die Auswahl. Macht nichts. Beim nächsten Mal klappt es ganz bestimmt.